書下ろし

身代り

見懲らし同心事件帖②

逆井辰一郎

祥伝社文庫

目次

浅草寺
雷門
新鳥越町
下谷広小路
神田明神
湯島天神
小石川御門
蔵前
神田川
駿河台
柳橋
半蔵御門
江戸城
赤坂御門
隅田川
八丁堀
北町奉行所
深川
明石町
鉄砲洲
増上寺
北
西
東
南

「身代り」の舞台

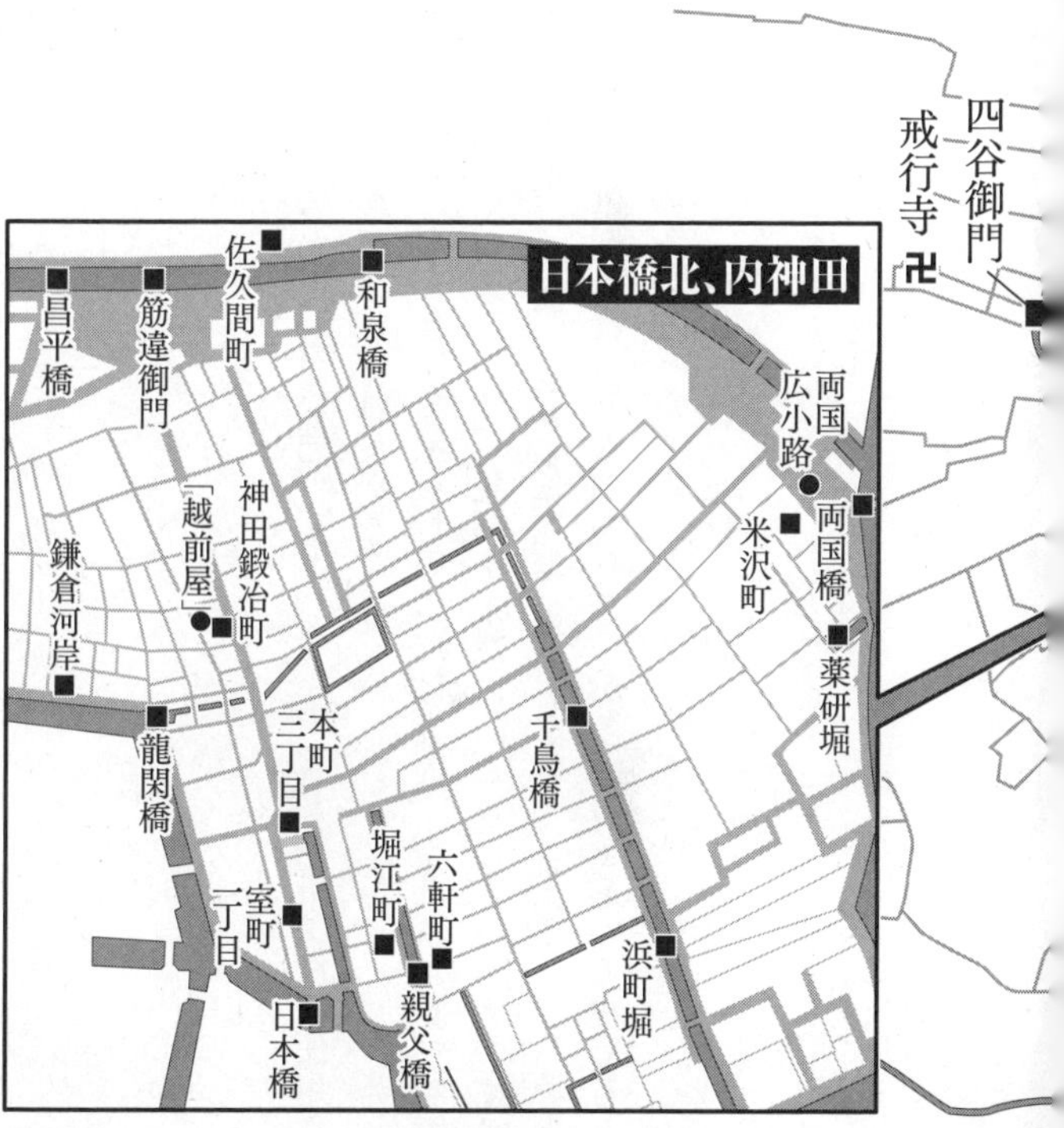

四谷御門
戒行寺
日本橋北、内神田
佐久間町
和泉橋
昌平橋
筋違御門
両国広小路
両国橋
米沢町
薬研堀
神田鍛冶町
「越前屋」
鎌倉河岸
龍閑橋
本町三丁目
千鳥橋
堀江町
六軒町
室町一丁目
日本橋
親父橋
浜町堀

江戸時代の刑罰は公事方《くじかた》御定書《おさだめがき》に基づいていた。中でも刑事事件に使用される御定書百箇条は見懲《みこ》らし主義で作成されていた。

見懲らしとは、犯罪者に罰を与えて懲らしめるだけでなく、それを見て犯罪は割に合わないと懲りる者が多くなることで、犯罪を未然に防ごうとする考えである。敲《たた》きの刑をわざわざ奉行所前に人々を集めて執行したり、刑場を小塚原《こつかっぱら》と鈴《すず》ヶ森《もり》の東西どちらにするかは処刑される罪人の知り合いが多い方を選んで決めるという使い分けも、この見懲らしのためだった。

第一話　身代り

一

一月十五日の夜には、江戸の川岸や堀端の所々で明け方近くまで焚《た》き火の灯《あか》りが見られる。

はずした門松《かどまつ》や注連縄《しめなわ》を持ち寄って焚き、その火で鏡開きをした餅《もち》などを焼いて食べて健康を祈る「左義長《さぎちょう》」とか「どんど焼き」と呼ばれる行事なのだが、万治《まんじ》年間(一六五八〜一六六一)に火災防止のため公儀から禁止令が出されて以降は、年々廃《すた》れてきたものの、庶民の中ではまだ根強く続いていた。

これがすむと江戸の町からはすっかり正月気分が消え、人々の暮らしが完全に平常に戻る。

南北両町奉行所の表門前の門松や各部署の注連縄は、町場より早く七草前には片付けられ、正月休みなどないから、年末年始も通常通り月番奉行所の表門は開かれ、奉行所役人たちも勤務についている。

一月が月番の北町奉行所の表門は元旦から開かれており、町場と違ってすでに正月気分は一掃されていた。その北町奉行所の中でただひとり、いまだに正月気分の抜けない男がいた。

年番方預かり同心野蒜佐平太《のびるさへいた》である。

長い浪人暮らしの間、毎年一月は働かずにすむように、師走《しわす》は連日早朝から夜遅くまで普請《ふしん》場の資材運びや堀の修復工事などの力仕事で手間賃稼ぎに精を出した。除夜の鐘を聞く頃には心身ともに疲れ果てて、一昼夜死んだように眠り続け、目が覚めた時には正月二日になっている。

それから一月一杯かけて師走の疲れを癒《いや》すためにのんびりと暮らす。食べては寝、呑んでは寝の毎日で、ほとんど外へは出ずに過ごす。佐平太にとっては年に一度の贅《ぜい》沢《たく》だった。如月《きさらぎ》（二月）の声を聞くまで躰《からだ》はなかなか目を覚まさなくなっており、いわば浪人佐平太の一年は元旦ではなく、二月一日から始まるのだ。

北町同心になって半年足らずの佐平太の躰には、まだその習慣が残っている。それでなくても茫洋《ぼうよう》とした外見なのだから、周囲からはいつもより余計ぐうたらに見えるのも仕方ない。

例によって佐平太は使っていない仮牢の独房の中で、牢格子に背を向けて昼寝をしていた。

この頃の暦《こよみ》の上では一月中旬は初春だが、朝晩の冷え込みは真冬なみである。

暖房のない仮牢の中では昼間でもかなりの寒さなのだが、居場所のない年番方の部屋で漫然と片隅に座って時間の経つのを待っているよりははるかにましだった。

佐平太はさっきから背中に注がれている視線に気づいていた。

年番方の先輩同心小川藤兵衛《おがわとうべえ》なら、仮牢の中に入ってきて容赦《ようしゃ》なく佐平太を叩き起こす筈《はず》なのだが、視線の主は無言のまま動かない。

佐平太は寝返りを打ちながら薄目を開けて、牢格子の外にいる視線の主を確かめた。

黒羽織姿の見知らぬ男だった。佐平太と同年輩か多くて二、三歳上だが、北町奉行所の同心は百二十人いるから、八割以上は知らない顔だ。

しかし、佐平太はその男が部外者ではないかという気がした。奉行所の人間とはどこか雰囲気が違っていた。

突然、男が口を開いた。

「そこで何をしている」

佐平太は眠っているふりを続けた。

「狸《たぬき》寝入りをしても無駄だ。起きているのは判《わか》っている」

佐平太はいま目覚めたというように、大袈裟《おおげさ》に両手を上に伸ばし大あくびをしながら男の方を見た。

「何か言いましたか？」

「狸寝入りをしても無駄だと言った」

「人が折角いい気持ちで昼寝をしてたのに、狸寝入りだなんてちょっと失礼じゃありませんか」

「奉行所の牢内で昼寝か」

「ここは誰にも邪魔されませんから」

男は佐平太を見据えて言った。

「そうか、おぬしだな、同心株を手に入れてこの北町の同心になったというのは。名前は、確か堀端や畦道《あぜみち》に咲いている野蒜と同じだとか」

「年番方預かりの野蒜佐平太です」

佐平太が答えた。

「おぬしの名を耳にして、子供の頃うまい野草だと騙《だま》されて食べさせられたことを思い出した。あの時はあまりの辛《から》さに涙がとまらなかった」

「子供の口には合わなくても、軽く炙《あぶ》って味噌をつければ辛みが乙《おつ》な味になって酒の肴《さかな》にもってこいです」

「酒の肴か。それは知らなかったな」

「一度試してみるといいですよ」

「そうしよう。昼寝の邪魔をしたな」

「あの」

と、佐平太が男に声をかけた。

「構わなければ、そちらの名前も聞かせて貰えませんか」

「ここにはいないも同じ人間の名など知るには及ばない」

そういうと、男は牢格子の外から離れていった。

男の言った言葉の意味が佐平太には判らなかった。

「ここにはいないも同じって、どういうことなんだ……？」

一方の柱の陰で二人の様子を気がかりげに盗み見ていた胡麻《ごま》塩頭の小川藤兵衛が男の姿が消えるのを待って、あたふたと駆け込んできた。

「何を訊《き》かれたんだ？」

「え？」

「あの男に何を訊かれたか尋《たず》ねているんだ」

「別に大したことは訊かれてません。子供の頃に野蒜を食べてひどい目にあったらしいんで、酒の肴にいいという話を」

「それだけか」

「名前を訊いたら、ここにはいないも同じ人間の名など知るには及ばないとわけの判らないことを」

「いかにも徒目付《かちめつけ》らしい言い草だ」

と、小川が渋い顔で言った。

「徒目付？」

「あれは徒目付の小森和馬《こもりかずま》という男だ」

「すいません、徒目付って、何ですか？」

小川が呆《あき》れたように佐平太を見上げた。

六尺（約一・八メートル）近い佐平太と小川は五寸（約十五センチ）以上背丈が違うから、そうしないと相手の顔がよく見えないのだ。

「徒目付を知らんのか？」

「あいにく」

「徒目付はお目付の配下だ。お目付は知っているだろう」

「聞いたことはあります。でも、何をしているのか詳《くわ》しいことはあまり」

「全くもう、よくそれで町方同心になどなったものだ。呆れ果てて物が言えんとはこのことだぞ」

長いため息をついて見せたあと、いつものように小川の講釈がまず目付とは何かからはじまった。

「そもそもお目付とは、若年寄《わかどしより》様の耳目《じもく》となって旗本・御家人の非違《ひい》を糾弾《きゅうだん》することが第一の役目で——」

幕吏（幕府の役人）である目付は、寺社・勘定・町奉行所と共に評定所《ひょうじょうしょ》の詮議《せんぎ》にも参加する。寺社奉行は一万石以上の譜代大名、勘定・町両奉行が役高三千石なのに対して目付の役高は千石だが、詮議の席では三者と対等で、禄高の多い老中諸侯が参加する場合でも遠慮なく意見を述べた。また、公儀のすべての書類を検閲し、訴訟・土木工事・国防など幕府の行政を残らず監察して、非違、つまり違法な不正を見つけ出して糾弾した。

幕閣の筆頭である老中が幕政を司《つかさど》り諸藩を監督するのに対し、同じ譜代大名でも若年寄は幕臣の旗本と御家人を統率《とうそつ》・監督していた。その若年寄の配下である目付が監察の対象とするのは当然旗本・御家人なのだが、時には将軍に呼ばれてご下問に答えなければならないことがあるため、江戸城内で風呂に入ることが許されていた。身を清めて将軍に目通りするためなのだが、実際にはあまり利用していなかったらしい。

目付の仕事のほとんどは機密事項だから、老中といえども目付部屋へ入ることはできない。直属の配下である徒目付は目付部屋への出入りは自由で、他には書類の作成に当たる奥祐筆《おくゆうひつ》や給仕係の奥坊主がわずかに出入りできた。目付は成績次第では町奉行や遠国奉行、大目付などに昇進できたが、役目が役目だけに常に自分の言動に細心の注意を払い、四角四面で杓子定規《しゃくしじょうぎ》な日々を送った。そのくそ真面目《まじめ》の度が過ぎて、目付は登城のとき石垣沿いに直角に曲がり決して斜めに突っ切ることはない、などと笑い話に残っている。

徒目付はその手足となって動く小吏で、目付ほどではないもののやはり杓子定規で融通性《ゆうずう》のない者が多く、城内城外を問わず幕府のあらゆる役所に出入りして目を光らせた。町奉行所にも度々現れて黙って各部署を監察しているから、薄気味が悪いと与力や同心に嫌がられていた。

総数は五十六人で、組頭の統率下で四組に分けられていた。この半年何人もの徒目付が入れ替わり立ち替わり北町にやってきた筈だが、年番方預かりでろくに同心の仕事をさせて貰えずにいた佐平太は一度も遭遇しなかった。小森和馬は佐平太がはじめて出くわした徒目付だった。

七つ（午後四時頃）を知らせる本石町《ほんこく》の鐘の音が北町奉行所に聞こえてきた。この鐘は幕府が開かれて間もなく、江戸城西の丸からその頃は石町《こく》と呼ばれていた町屋へ移されたらしい。

多くの与力・同心が帰り支度をはじめ、夜勤・宿直の者を残して七つ半（午後五時頃）には三々五々奉行所をあとにする。もっとも全員八丁堀《はっちょうぼり》へ帰るわけだから、行列など出来ては見栄えが悪いし、奉行所役人がいちどきに家路につくのは人心に不安を与えかねないと、いつからか時間差を作って奉行所を出るようになった。

同心になって半年の佐平太が北町を出るのはいつも一番最後になる。新参者としてはそれも仕方ないと佐平太は諦《あきら》めている。

暮れ六つ（午後六時頃）近くになって、やっと八丁堀へ帰れると裏門の通用口へ向かいかけた佐平太を、

「待て、野蒜」

と、小川が呼び止めて近寄ってきた。

「お帰りではなかったんですか」

「友部《ともべ》様がいらっしゃるのに帰るわけにはいかんだろう」

「まだ友部様がいる、いえ、いらっしゃるんですか？」

「やりかけの仕事が片付くまで帰るわけにはいかんと仰《おつしや》ってな。町方役人たるものすべからくああでなければならん。さすがは友部様だ。筆頭与力間違いなしと評判なのも無理はない。そう思うだろう」

「そうですね」

佐平太は仕方なく相槌《あいづち》を打った。

「友部様がおぬしをお呼びだ」

「俺を？」

小川が声をひそめた。

「内密の話がおありらしい」

奉行所内部の取締りと金銭の保管・出納《すいとう》、同心の監督などをする定員三名の年番方与力の中で最年少の与力友部秦之丞《しんのじよう》はまだ三十歳前で佐平太より四歳若いが、周囲から将来は北町の筆頭与力だと噂《うわさ》されており、本人もいかにも切れ者だという雰囲気を漂《ただよ》わせている。筆頭与力は南北町奉行所に各一人だけしかおらず、町方与力の頂点だった。

「お話というのは何でしょうか？」

「やって貰いたいことがある」

机上の書面に目を通しながら友部が言った。

こういう時、友部は滅多《めった》に視線を佐平太に向けない。最初は戸惑《とまど》ったが、どうやら友部は格下相手の時は威厳《いげん》を保つためにあえて顔を見ずに話すのだと判って、最近は佐平太も慣れっこになった。

「何をやればいいのでしょう？」

「徒目付と同じことをやって貰う」

「同じこと、と言いますと？」

そばに控えていた小川が口を挟んだ。

「目を光らせて相手の非違を探り出す。つまり、徒目付がこの北町でやっているのと同じことを徒目付に対してするようにと、友部様は仰っているのだ」

友部がなおも佐平太を見ずに言った。

「こちらが向こうの弱味を握れば、これ以上徒目付に北町の中を好き放題にかき廻されずにすむ。謹厳《きんげん》で真面目一方だと言われている徒目付だが、丹念に調べれば必ず何か出てくる筈だ」

「お言葉ですが、小川さんの話では徒目付は全部で六十人近くもいるとか。とてもひとりでは無理ではないかと」

「徒目付全員を調べろとは言ってない。ひとりに的をしぼればいい」

「ひとりに？」

友部がはじめて佐平太を見た。

「徒目付の小森和馬とは顔見知りのようだな」

「今日はじめて会っただけで、顔見知りというわけでは」

友部は構わず続けた。

「明日から小森和馬の身辺を徹底的に洗ってくれ。ただし、決してこちらの狙いを悟られるな。露見した時は責任を取って貰う」

「責任を取ると言いますと？」

「それは自分で考えろ」

友部は机上の書面に視線を戻すと、二度と佐平太を見なかった。

暮れ六つ半（午後七時頃）すぎ友部が北町を出るのを待って、佐平太は小川と一緒に家路についた。

小川は道々身辺調査のやり方をあれこれ小声で講釈し、八丁堀まで来ると一段と声をひそめた。

「町方の、それも年番方預かりの同心が徒目付の身辺を調べるなどということは、本来許されることではない。従って、決して露見することなくことを進めねばならん。万が一、露見した時はあくまでおぬしひとりの考えでやったことであり、友部様はむろん北町奉行所とは一切関係のないことだと言い張るのだ」

「それが友部様の仰っていた責任を取るということですね」

「それでは責任を取ったことにはならん」

「じゃ、たとえば北町の同心を辞めるとか?」

小川はかぶりを振って、

「道はひとつしかない」

と、鹿爪《しかつめ》らしい顔で腹を切る手真似をして見せた。

「切腹、ですか?」

「そうだ。武士が責任を取るということはそういうことだ」

(冗談じゃない！　馬鹿馬鹿しい！)

思わず叫びそうになって、佐平太は慌《あわ》てて口の中で言葉を呑み込んだ。

小川が怪訝《けげん》に佐平太を見た。

「何か言ったか？」

「いいえ、何も」

「何か言ったように思ったんだが」

「気のせいじゃないですか。俺は何も言ってませんよ」

「とにかく、少しでも友部様の、そして北町奉行所の役に立つよう心して励むことだ。いいな」

岡崎《おかざき》町の組屋敷へ帰るために地蔵《じぞう》橋を渡っていった小川を見送りながら、佐平太は最前呑み込んだ言葉を口にした。

「馬鹿馬鹿しくて話にならない」

あの小森和馬という徒目付の身辺を探ってあら捜しをすることにも気はすすまなかったし、なによりもばれたら切腹して責任を取るなどということは、今まで気ままな浪人暮らしをしてきた佐平太には到底納得できない。もともと佐平太が北町同心になったのは、浪人仲間だった親友のためで、それもあの時だけのつもりだった。ついつい続けてきてしまったが、町方同心にはさらさら未練はなかった。

組屋敷へ戻った佐平太に、

「夕飯の支度ができていますよ」

と、母屋《おもや》から綾乃《あやの》が顔を出して声をかけた。

「すぐ行きます」

佐平太は脱いだ黒羽織と腰の大刀を別棟に放り込んで、母屋へ向かった。

食膳には今年六歳になる綾乃の息子千太郎《せんたろう》と小者の卯之吉《うのきち》がついていた。

二人とも夕飯には箸《はし》をつけず、佐平太の帰りを待っていたらしい。

「先に食べててくれて構わないのに」

「あっしも野蒜の旦那を待ってたら折角の晩めしが冷《さ》めちまうって言ったんですけどね、千太郎坊ちゃんがどうしても旦那が帰ってくるまで待つってきかなくて」

「そうだったのか。千坊、すまなかったな」

千太郎が黙って首を横に振った。

綾乃が温《あたた》め直した味噌汁の土鍋を運んできて、夕食がはじまった。

焼き魚と漬物に味噌汁だけのごく普通の夕食だが、佐平太には心の和《なご》むひと時だった。この組屋敷の敷地内に暮らしているだけの関係だが、綾乃母子も卯之吉もいつの間にか佐平太には家族のような存在になっていた。

親友が手に入れて佐平太に渡した同心株は、綾乃の亡夫である元北町吟味方同心田《た》崎千之助《さきせんのすけ》のものだった。綾乃は千太郎を連れて組屋敷を出るつもりだったが、佐平太が自分は別棟で暮らすからとここに残るように勧めた。

住み込みの小者だった卯之吉は、三十なかばの小柄な男で、得体の知れない浪人上がりの佐平太から綾乃母子を守るべくここに残ったのだが、当初抱いていた佐平太への不信と警戒心はかなり薄れてきており、綾乃に言われたこともあって近頃は度々佐平太の手足になって協力している。

同心を辞めて姿を消す気だった佐平太だが、浪人の時には味わえなかったこのひと時を手放すのが惜《お》しかった。

考えてみると、綾乃に返すつもりの同心株も千太郎が北町の見習い同心になるまでは何の役にも立たないし、今佐平太が姿を消せば綾乃母子がこの組屋敷を出なければならなくなることも考えられる。

千太郎の元服までは見懲らし同心として生きると決めたことを、佐平太は改めて思い出していた。

こんなことで同心を放り出して姿を消すわけにはいかない。徒目付のあら捜しはばれない程度にお茶をにごし、友部には徹底的に調べたが非違は見当たらなかったと報告すればいいのだ。

「野蒜さん――」

綾乃の声で佐平太は我《われ》に返った。

「どうかしました？」

「いえ、別に」

「だったらいいんですけど。お代わりをどうぞ」

佐平太は残りのめし粒をかっ込んで綾乃に茶碗を渡した。

「すいません、あっしもお願いします」

茶碗を出して、卯之吉が佐平太に小声で囁《ささや》いた。

「本当は何があったんです？」

「何もないよ」

「嘘ばっかり。ひとりでにやにや笑ってたくせに」

佐平太の顔にはいつの間にか笑みがこぼれてしまっていたらしい。

「よく言われるんだ、俺の顔はいつも笑ってるように見えるってな」

佐平太は明るく笑顔で卯之吉に答えた。

同心を続けると決めたことで、佐平太は心も躰も軽やかになった気がした。

二

不忍池《しのばずのいけ》の東側にはお徒衆《かちしゅう》が固まって住んでいることから、御徒町《おかちまち》という町名で呼ばれていた。

徒目付の小森和馬の住まいもその御徒町に違いないと佐平太は思ったのだが、違っていた。

お徒衆は徒組という御成《おなり》先道固め・隅田《すみだ》川在郷番・御供番・御先番を務めて将軍の警護などに当たる総勢六百人の番方（武官）であり、徒目付は役方、つまり文官だから全く違う組織だった。

仕事柄目付が一ヶ所に固まって屋敷を持たないように、配下の徒目付も点在して住んでいた。御家人だが俸禄は百俵五人扶持《ぶち》で、三十俵二人扶持の町方同心の三倍以上の年収だった。

小森和馬の住まいは、大小様々な御家人屋敷が建ち並んでいる小石川《こいしかわ》御門外にあった。御家人といっても二百石近い禄高を貰っていながら無役で暇《ひま》を持て余している者もいれば、町方同心以下の扶持で下級役人として働いている者もいる。

「すまんが、ちょっと訊きたいんだ」

と、着流し姿の佐平太は通りかかった担《かつ》ぎの小間物屋を呼び止め、知り合いの家を探していると小森の屋敷の所在を尋ねた。

「お徒目付の小森様のお屋敷ですか？」

「知っていたら教えて貰いたいんだが」

「よく存じ上げております。小森様のお屋敷はそこを左に折れて、二本目の路地を右に曲がって――」

小間物屋は詳しく道順を教えてくれた。

「助かったよ。この辺りは詳しいようだな」

「あちこちのお屋敷にうかがってますし、小森様のところでもいつもお世話になってますので」

担ぎの小間物屋と別れて、教えられた道を小森の屋敷へ向かいながら佐平太は怪訝に思った。

北町を出る時に小川から聞いた話では、小森和馬は小石川御門外で暮らしており、他には年配の下男夫婦が住み込んでいるだけで、独り身だということだった。

だから、小間物屋が言っていたいつもお世話になっているという意味が判らない。

男が小間物屋から根付《ねつけ》などを買うとしても年に何度もあることではないし、下男の女房も六十歳近いらしいから、若い女と違ってそうそう小間物屋に用はない筈だ。いつもお世話になっているというのは、佐平太が小森和馬の知り合いだと聞いて言ったお愛想《あいそ》だったのかもしれない。そう考えれば納得がいく。

その時だった。

どこからかかかーんという乾いた甲高《かんだか》い音が聞こえてきた。

はじめて耳にする音だった。鐘の音かとも思ったが、それとはどこか違う音だ。

かーんという音は時には低く、時には高く鳴り響いていた。

その音に惹《ひ》かれるように、佐平太は路地をいくつか右に左に折れながら、一軒の御家人屋敷の裏手に出た。音はその屋敷から聞こえていたのだ。

佐平太は垣根越しに屋敷の中を覗《のぞ》いた。

裏庭の向こうに離れがあり、その縁側に二十代なかばの女がひとり横向きに座っていた。ただ座っているのではなくまっすぐ背筋を伸ばして正座していた。

女の左膝《ひざ》近くには大きめの鼓《つづみ》のようなものがあり、左手で押さえている。

次の瞬間、

「イヨー」

と、女の口から声が発せられ、同時に女の右手が鼓のようなものを強く打ち据えた。

かーん!

佐平太が耳にしたのはこの音だった。

「ヨー……ホー……ヨーイ……イヤー……!」

女の発する声で音の強弱も変わり、高く、低く、緩急自在に変化しながら心地よく鳴り響いた。

肩に担いで打つ小鼓を嗜《たしな》む者は町場にもいるから、その音は佐平太も何度か聞いたことがあるが、この音は聞いたことのないものだった。

女が鳴らしている楽器が何なのか、そして女が何者なのか、佐平太は興味をひかれたが、まず小森和馬の屋敷を捜し当てなければならない。

佐平太は最初にあの音が聞こえた場所に戻って、小間物屋から聞いた小森宅への道順を辿《たど》ることにした。

武家屋敷には表札がなかった。表札がなくても、誰の屋敷かは関係者にも近隣の庶民にも判っているからだと言われている。

教えられた道順を辿って、佐平太は一軒の御家人屋敷の前に出た。

ここが小森和馬の屋敷らしい。小森は朝から江戸城に詰めていると聞いていたので、留守なのは判っていた。ここまできて何もせずに帰るのも少し気がひけるので、とりあえず屋敷の周囲を一回りしてみることにした。

横手の路地を通って裏手へ廻ろうとして、佐平太は驚いた。

同じような造りの御家人屋敷が並んでいるのですぐには気づかなかったが、ここはあの女がいたさっきの屋敷だったのだ。

小森は独り身の筈だから妻女ではない。父母とはすでに死別しているし、肉親は他家に養子に出た弟がひとりいるだけだという話だった。

小森とあの女とはどういう関係なのだろう。小森が留守にしている屋敷にいるのだから、かなり身近な存在に違いない。縁戚の女なのか、それとも小森とは深い仲の女なのだろうか。武家育ちを思わせるような凛《りん》とした雰囲気が漂っていたことから見ても水商売の女ではあるまい。もしかして、まだ公にしていない許婚《いいなずけ》のような存在なのかもしれない。

屋敷の中からしわがれた男の声がした。

「おーい、ちひろさんがお帰りになられるぞ」

表の木戸が開いて、年配の下男に送られてさっきの女が出てきた。

「おーい、お竹《たけ》、聞こえねえのか――」

尚《なお》も屋敷の奥へ声をかける下男を女が制した。

「いいのよ、嘉助《かすけ》さん。お竹さんはお洗濯中なんだから」

「すいません、お竹のやつ、耳が少し遠くなってるもので。ろくなお構いもできませんが、またお越しください」

「ええ、お邪魔させて貰います」

二人の会話から下男夫婦が嘉助とお竹で、ちひろというのが女の名のようだ。

本当は下男の嘉助に直接ちひろという女と小森和馬の関係を問い質《ただ》すのが手っ取り早いのだが、そんなわけにもいかない。

嘉助が屋敷の中へ戻るのを待って、佐平太は一方を行くちひろという女のあとをそっと追った。


八丁堀の組屋敷では、綾乃が別棟の雨戸を開けて掃除をしていた。

当初は毎日掃除をしていたのだが、片付きすぎているとどうも佐平太が落ち着かないらしいと判ってからは、三日に一度にしている。

この別棟は佐平太が寝るだけに使っているようなものだが、はたきをかけると結構な埃《ほこり》が舞うし、塵《ちり》もそれなりにたまっている。必ず布団《ふとん》を干すのだが、雨の時は晴れるのを待って掃除の日ではなくても陽《ひ》に当てるようにしている。

浪人の時は年中敷きっぱなしの煎餅《せんべい》布団で、陽に当てることなど年に一度あるかないかだったに違いない佐平太には、できるだけ快適な夜を送ってほしいと綾乃は思っている。長屋暮らしを覚悟していた自分たち母子に、この組屋敷でそれまで通り過ごすように勧めてくれた佐平太へのせめてもの感謝の気持ちだった。それだけのことで、佐平太に対して特別な思いがあるわけではないのだと、そう綾乃は自分に言い聞かせている。

縁側から卯之吉が覗き込んで声をかけてきた。

「野蒜の旦那、今日はお奉行所ですよね」

「いつも通り出かけたけど、どうかして？」

「いねえんですよ、お奉行所に」

「野蒜さんが？」

「一石《いっこく》橋の近くまで出来上がった根付を届けに行ったんで、一緒に昼めしでも食おうと思って北町まで足を伸ばしたんですけど、姿が見当たらなくて」

「御用を言いつけられて出かけたんじゃないかしら」

「それが、どうも違うみたいなんですよ」

「違うって？」

「年番方じゃ誰も野蒜の旦那がどこへ行ったのか知らねえみたいですし、またこっそり奉行所を抜け出して油を売ってるんだろうって小者連中が言ってました。それでなくても図体ばっかりでかくて役立たずの独活《うど》の大木だって陰口たたかれてるんだから、もう少し真面目にやってくれりゃいいのに」

「陰で色々言われてるような、野蒜さんはそんないい加減な人じゃないわ」

「あっしもそう思いてえけど、行方が判らねえのは事実ですからね。こっちが心配してるってのに、まったく、どこで何をやってるのやら。これじゃますます評判が悪くなるばっかりですよ」

大きなため息をつきながら卯之吉が母屋の方へ戻っていった。

綾乃も内心は佐平太のことが心配だった。

北町奉行所で役立たずの独活の大木だと言われているのは知っているが、それはただの噂にすぎず、本当の佐平太は独活の大木などではない筈だと信じている。だが、時々奉行所を抜け出して油を売っているらしいと耳にすると、もしかして噂は本当なのではと思わず疑ってしまうこともある。

それでも、綾乃は佐平太を信じているし、信じたいと思っている。何故《なぜ》だと問われてもはっきりとは答えられない。あえて言えば、女の勘なのかもしれない。綾乃の女としての勘がそう言っている気がするのだ。

小石川御門外の御家人屋敷町を抜け、ちひろは小石川御門を通って東へ向かった。背後には佐平太がつかず離れずで尾行を続けていた。

人通りの多いところはかなり近づいても心配ないが、人通りがまばらな時は距離をおくから見失わないように神経を張り詰めて尾行を続けた。

ちひろという女が何者なのか、佐平太は知りたくなっていた。小森和馬のあら捜しとしてではなく、御家人屋敷の離れで鼓のような物を打ち鳴らしていた女の正体がどうしても知りたかったのだ。かーんという甲高い音が佐平太の耳に今も残っている。できればあの楽器が何かも知りたかった。

右手前方に神田《かんだ》橋御門が見えてきた。ここからは見えないが、次が常盤《ときわ》橋御門で、その先が北町奉行所のある呉服《ごふく》橋御門ということになる。江戸城を取り囲む外郭門だけあってどれも頑強な造りだ。

そんなことを考えていた佐平太はつい先を行くちひろから目を離してしまった。姿を見失ってしまったのだ。

佐平太は慌てて辺りを見廻したが、ちひろの姿は消えていた。

左手には大名や大身旗本などの武家屋敷があり、それを越せば三河《みかわ》町など神田の町屋がある。佐平太は路地を左に入ってまず武家屋敷街を捜し、それから町屋へ足を伸ばしてみることにした。

路地を左に曲がりかけた時、

「人が死んでるぞーっ！」

「土左衛門《どざえもん》だーっ！」

という声が鎌倉河岸《かまくらがし》の方から聞こえてきた。

鎌倉河岸といっても魚河岸があるわけではなく、大昔江戸城築城の資材として鎌倉から木材や石材などを運んでここで荷揚げしたことからついた名で、その先の龍閑《りゅうかん》橋の袂《たもと》に人だかりができていた。

鎌倉河岸先の外濠から隅田川へ流れ込む龍閑川に架かる橋で、ここを渡ると時の鐘や金座などがある本石町へ通じる。

人だかりの背後から覗くと、北町の定町廻りらしい同心に指図されながら下っ引き数人が龍閑川から男の土左衛門を引き上げているところだった。

佐平太は思わず目をそらした。

昔から死体が苦手で、北町の同心になって半年の間に四、五回は死体に遭遇したり相手を死体にしてしまったりしているのだが、その習癖は依然として続いている。

人だかりの野次馬の中から訝《いぶか》しげな囁き声がした。

「土左衛門にしちゃちょっと変だぜ」

「呑み込んだ川の水でもっと腹がぱんぱんに膨《ふく》らんでなきゃおかしいよな」

「ありゃ溺《おぼ》れ死んだんじゃねえんじゃねえか」

佐平太は引き上げられている土左衛門をちらっと見た。

享保《きょうほう》年間（一七一六〜一七三六）、肌がふやけたように白く、ぱんぱんに太ってまるで溺《でき》死《し》者のようだと言われた力士がおり、その四股名《しこな》が成瀬川《なるせがわ》土左衛門だったことから溺死体のことを土左衛門と呼ぶようになったらしい。

引き上げられた死体は四十前後の町人で、確かに溺死体のように膨らんではいないし肌もふやけてはいないようだった。そればかりか、死体の胸から腰にかけて生々しい傷跡があった。

ちらっと見ただけではそれ以上確かめることができないため、佐平太はやむなく真正面から死体に目を凝《こ》らした。

傷跡は鋭利な刃物で斜めに斬り裂かれたもので、凶器は大刀だろう。おそらく人目を避けて龍閑橋の下で斬殺し、死体を川へ捨てたに違いない。一刀のもとに斬り捨てていることから見ても、下手人は相当な剣の遣い手だ。

橋の向こう側にも野次馬が集まってきており、人だかりができていた。

何げなく視線を向けた佐平太は驚いた。

人だかりの中にちひろの姿があったのだ。

しかも、ちひろはなぜか蒼《あお》ざめた顔で斬殺死体を凝視《ぎょうし》している。

殺された男はひょっとするとちひろの顔見知りなのではないか、という思いが佐平太の脳裏をよぎった。

知らない男なら無惨な殺され方に蒼ざめることはあっても、あれほど死体を凝視したりはしない筈だ。

ちひろが後退《あとずさ》りながら人だかりから離れようとしているのを見て、佐平太は慌てて龍閑橋を渡った。本当は走りたかったのだが、そんなことをすれば北町の定町廻りに不審に思われて面倒なことになりかねない。

佐平太が橋の向こうに渡った時には、すでにちひろの姿は消えていた。

この先には、時の鐘や金座だけでなく日本橋の賑《にぎ》やかな町並みが続いていて、通りや路地もたくさんある。ちひろの姿を見つけ出すことはまず不可能だ。

佐平太は唇を嚙《か》んでその場に佇《たたず》むしかなかった。


組屋敷の小者部屋ではまだ昼の八つ（午後二時頃）だというのに、卯之吉が涎《よだれ》を流しながら鼾《いびき》をかいて寝入っていた。ちょっとだけ横になるつもりだったが、徹夜の根付作りの後だけに襲いかかる睡魔には勝てなかった。

綾乃の亡夫田崎千之助が北町の吟味方同心で、勤めはほとんど奉行所の中だったから、月に一、二度外廻りのお供をする以外卯之吉は組屋敷にいることが多かった。だから卯之吉は小者としての仕事の合間に木彫り職人の修業をした。今では仏像や縁起物の招き猫、根付など一級品とはいかないが、そこそこの売り物になる物を作れるだけの腕になっていた。

綾乃が亡夫の同心株を売りに出した時、卯之吉は木彫り職人の腕を生かして綾乃母子の面倒を見るつもりだった。母子が住む長屋まで見つけてあったのに、同心株を手に現れた佐平太が自分は別棟を使うから、綾乃には千太郎と一緒に引き続きこの組屋敷で暮らすように勧めたのだ。

計画をつぶされて当初は佐平太に敵愾心《てきがいしん》を燃やした卯之吉だが、この半年余《あま》りの間にそれも薄れ、綾乃に言われたこともあって佐平太の小者としての務めも果たすようになった。そうは言っても時には忘れかけていた敵愾心が出てくるし、北町で役立たずの木偶《でく》の棒扱いされている佐平太にやきもきもしている。

「卯之吉、おい、卯之吉」

と、卯之吉をこっそり呼ぶ佐平太の声がした。

卯之吉は寝ぼけ顔で目を開けた。

「卯之吉、すまんがちょっと出てきてくれ」

佐平太の声は裏手の方から聞こえていた。

卯之吉は手で涎を拭き、欠伸《あくび》をしながら勝手口から顔を出した。

垣根越しに佐平太が卯之吉を手招きしている。

「何してるんです？」

「声がでかい。綾乃さんに聞こえるだろうが」

佐平太はいっそう声をひそめた。

「綾乃さんなら出かけてますよ」

「出かけてる？」

「千太郎坊ちゃんを連れて仕立物を届けに行ってるんですよ」

俸禄の少ない町方同心の暮らしの足しにするため、綾乃は夫が生きていた頃から仕立て仕事を続けてきた。今は自分たち母子や卯之吉だけでなく、家賃代わりに佐平太の食い扶持も補うために仕事の量を増やしている。だから、賄《まかな》いや掃除洗濯代として月々佐平太が渡す金も半分しか受け取らない。

「そうか、仕立物を届けに行ってるのか」

「今までどこで油売ってたんですよ。隠したって駄目です、旦那が奉行所抜け出していなくなってたのは判ってるんですから」

「ちょっと野暮用があったもんでな」

「何です、野暮用って」

「それより、頼みがあるんだ」

佐平太は龍閑橋の下で見つかった斬殺死体がどこの誰か、定町廻りの小者から聞き出すように頼んだ。

「その仏さんがどうかしたんですか」

「ひょっとして知り合いじゃないかと思うんだ」

佐平太は嘘をついた。徒目付小森和馬のこととちひろのことは、今はまだ卯之吉にも秘密にしておかなければならない。

「旦那の知り合いなんですか?」

「たまたま近くを通りかかったんだが、知り合いに似ているような気がしてな。俺の思い過ごしだろうとは思うんだが、念のために確かめたいんだ」

「判りました。龍閑橋下で見つかった仏さんですね」

表木戸の開く音がした。

「帰ってきたみたいですよ、綾乃さんたち」

「奉行所へ戻る。綾乃さんには俺が来たことは内緒にしといてくれ」

佐平太は慌てて垣根から身を翻《ひるがえ》した。ここで顔を合わせれば綾乃にも嘘をつかなければならなくなる。それが佐平太は嫌だった。

勝手口から綾乃が顔を出した。

「誰か来てたみたいだけど?」

「いえ、誰も」

「本当に?」

綾乃が疑わしそうに卯之吉を見た。

「参ったな。内緒にしてほしいって言われたけど仕様がねえ。野蒜の旦那ですよ」

「野蒜さんが戻って来てたの?」

「龍閑橋の下で見つかった仏さんの身許を調べるように頼まれたんですよ、なんでも知り合いに似てるとかで」

「野蒜さんの知り合いに？　でも、どうして私に内緒にしてほしいなんて？」

「奉行所抜け出してほっつき歩いてて、知り合いに似てる仏さんに出くわしたんでしょうからね、それを綾乃さんに知られたくなかったんじゃないですか」

そう言うと、卯之吉は仏の身許を確かめに出かけていった。

佐平太が度々奉行所を抜け出して油を売っているらしいという噂は本当だったのかと、綾乃はがっかりした。役立たずの独活の大木だと言われていると耳にしても、佐平太はそんな人ではないと信じてきたのに、裏切られたような気になった。

気がつくといつのまにか傍らで千太郎が心配そうにじっと綾乃を見上げていた。綾乃の沈んだ様子に幼ない心を曇《くも》らせたに違いない。

綾乃は微笑を浮かべて明るく、

「そろそろお洗濯物取り込まなくちゃね。千太郎も手伝って頂だい」

と、千太郎の手を取って物干し場へ向かった。

北町奉行所へ戻った佐平太を小川が柱の陰に引っ張っていった。

「どうだ、何か摑《つか》んだか？」

「それが、残念ながらこれといったことは」

「仕方がない、昨日の今日だからな。友部様には私からそのようにお伝えしておく。明日からも引き続き小森和馬の身辺に目を光らせるんだ」

「あの小森って徒目付は明日もお城務めですか」

「いや、明日は非番らしい」

「じゃ、小石川御門外の自宅ですね」

「悟られんようにくれぐれも気をつけてくれ」

「承知しました！」

やる気のない役目の時ほど、佐平太は元気よく返事をすることにしている。小川が満足顔で年番方の用部屋へ戻っていったから、今のところはうまく誤魔化せているようだ。

佐平太が奉行所を出て呉服橋を渡ると卯之吉が待っていた。

「龍閑橋の下で見つかった仏は房次郎《ふさじろう》って名の遊び人だそうです」

「遊び人の房次郎か」

と、八丁堀へ向かいながら佐平太が言った。

「どうやら俺の思い違いだったようだな」

「旦那の知り合いじゃねえんで」

「ああ、知らない男だ。その房次郎って遊び人が誰に斬り殺されたのか、定町廻りの方じゃ何か摑んでるのか」

「懐《ふところ》の財布が空っぽになってたとこから見て、金目当ての辻斬りか何かの仕業だと睨《にら》んでるみてえです。なにせ房次郎は金回りがよくて、財布の中にゃいつも十両は入ってたそうですよ」

「そんな大金を持ち歩いてるのか」

「おおかた博打《ばくち》で儲《もう》けたんだと思いますぜ。むかしは鷺坂《さぎさか》流の内弟子だったそうですけどね、三度のめしより博打が好きで、結局破門になったらしいって話です」

「鷺坂流というのは？」

「詳しいことは知らないけど、なんでも能《のう》のお囃子方《はやしかた》だとか」

「能の？」

「あっしは観たことないけど、旦那は観たことあります？」

「いや、俺も一度も観たことはない」

「無理して観ることはありませんや。聞いた話じゃ歌舞伎《かぶき》と違って小難しい上にやたら格式ばってるって話ですしね」

佐平太の脳裏に、龍閑橋の向こう側から蒼ざめた顔で斬殺死体を凝視していたちひろの姿が甦った。

ちひろと徒目付小森和馬の関係、そして能の鷺坂流囃子方だったという殺された遊び人房次郎とのつながりが、佐平太は気になっていた。

三

能は中国伝来の伎楽や日本古来の田楽《でんがく》・延年舞など様々な芸能の影響を受け、更に織田信長《おだのぶなが》や豊臣秀吉《とよとみひでよし》といった時の権力者の庇護のもとに続いてきていた。

江戸時代には幕府の儀式用の芸能・式楽と定められ、多くの能役者や囃子方が幕府や雄藩に召し抱えられていたこともあって、町入能と勧進能をのぞけば一般庶民が能を観る機会はほとんどなかった。

町入能は新しい将軍の就任や婚礼、御子誕生などの慶事に行われるもので、江戸城本丸南庭で数日間にわたって催される能の初日に、二交代で五千人余の庶民が陪席を許された。江戸の各町内から、無差別にではなく、身許や問題の有無などを確認して選ばれた。

勧進能は寺社の建立や改築などの時に寄付を募るために入場料を取って公開する能なのだが、徐々に本来の目的よりも営利目的の興行になってきていた。

どちらも数年あるいは数十年に一度の割合で催されていたから、歌舞伎などと違って能は庶民にとって遠い存在だった。ただ、能の中の謡曲だけは以前から謡《うたい》として庶民に親しまれ、江戸時代には謡本が普及したことで全国的に広まっていた。

佐平太は昼すぎ四谷《よつや》御門外の戒行寺《かいぎょう》へやってきた。

この寺で今日から三日間勧進能が催され鷺坂流のお囃子方が出演することを、佐平太は前日卯之吉から聞いていた。

五つ半（午前九時頃）から始まった勧進能はちょうど中入りで、大口の寄付をした桟敷《さじき》席の客には豪華な昼食用の弁当が配られていた。この辺りは武家屋敷と神社仏閣が建ち並び町屋が少ないから、桟敷席の客も大名屋敷の留守居役や大身旗本とその家族や家従、僧侶や神主、他に近在の大店《おおだな》の主人などばかりだ。

木戸銭だけしか出していない一般客は、地面に茣蓙《ござ》を敷いただけの粗末な席についている者以外はほとんどが立ち見だった。それでも木戸銭は歌舞伎のほぼ三倍で、能が好きだからではなく、割り当てで木戸札を買わされて仕方なく来ている客が少なくなかった。

佐平太は立ち見席の最後方に立った。六尺近い佐平太はここから楽々能舞台全体を見渡せる。

なにげなく辺りを見廻した佐平太は驚いた。

立ち見席の中に小森和馬の姿があったのだ。

小川の話では、小森は今日非番だということだった。自分と同じ着流し姿なのから見ても、徒目付としてここへきているのではないらしい。

鷺坂流の内弟子だった房次郎の斬殺死体を凝視するちひろの顔が、再び、佐平太の脳裏をよぎった。

あの時、佐平太は直感でちひろは房次郎を知っているに違いないと思った。この勧進能へ足を運んだのは、房次郎が内弟子だったという鷺坂流の囃子方が出演すると聞いたからだ。ちひろと斬殺された房次郎をつなぐ手がかりを見つけるためにも、鷺坂流囃子方というものをこの目で確かめたいと思ったからだ。

確証はないものの小森がこの勧進能にきていることから考えても、鷺坂流囃子方がちひろと房次郎をつなぐ手がかりになるかもしれないと思った佐平太の直感は、案外、的はずれではないという気がした。

佐平太はそっと小森に近づき、他の観客に押されて偶然ぶつかってしまったように装った。

「これは失礼」

と、詫《わ》びながら小森の顔を見て、佐平太はわざと意外そうに驚きの声を出した。

「あなたはこの間の？」

小森の方も驚いたように佐平太を見た。

「おぬしは確か北町の？」

「はい、年番方預かりの野蒜佐平太です。奇遇ですね、こんなところでお会いするなんて。小森さんは能がお好きなんですか」

「私の名を北町の連中から聞いたようだな」

「徒目付の小森和馬さんだと」

「どこへ行っても嫌われ者の徒目付だ」

「そんなことは決して」

「無理をしなくていい。おぬしは能好きなのか」

「とんでもない。能を観るのは今日がはじめてです。北町の同僚に不勉強だと言われたもので、一度覗いてみようと思いまして」

その時、中入り後の能舞台が再開された。裃《かみしも》姿や山伏《やまぶし》姿など二十人あまりの登場人物で展開される舞台なのだが、能の知識が全くない佐平太には内容がよく解らない。

「すいません」

と、佐平太は小声で小森に尋ねた。

「これはどういう能なんですか？」

『安宅《あたか》』だ」

「あたか、というと？」

「源 義経《みなもとのよしつね》が兄の源頼朝《よりとも》の追っ手を逃れ、家来の弁慶《べんけい》たちに守られて奥州《おうしゅう》へ逃れたことは知っているだろう」

「ええ、子供の頃草双紙で読んだことがあります」

「その義経主従が加賀《かが》の国安宅の関まで辿り着き、富樫《とがし》という関守との対決の末、弁慶の機転で無事に関所を通過するという内容の能だ」

「安宅」は有名な歌舞伎の演目「勧進帳」の元になった能なのだが、この頃はまだ歌舞伎としては上演されていなかった。ちなみに歌舞伎「勧進帳」の初演は、この時からおよそ二十年後の天保《てんぽう》十一（一八四〇）年のことである。

山伏姿の弁慶と関守富樫との攻防が繰り広げられている舞台から、突然かーんという乾いた甲高い音が聞こえてきた。

前日、小森の屋敷裏で佐平太が耳にした音だ。

佐平太は思わず舞台正面奥に目を凝らした。

そこには裃姿の囃子方が四人並んでおり、笛、小鼓、太鼓、そして小森の屋敷の離れでちひろが打ち鳴らしていたのと同じ楽器を左膝の上に置いている者がいた。

「すいません、あれは」

と、佐平太は小声で小森に、

「何という物なんですか？　あの左から二番目のお囃子方が膝の上に構えている楽器です」

「大鼓《おおかわ》だ」

「おおかわ？」

「大きな鼓と書くが、能の関係者は皆そう呼んでいるようだ」

「そうですか、大きな鼓と書いておおかわですか。詳しいんですね、小森さんは。相当な能好きみたいだな」

舞台の展開が切迫したものになっていくのに合わせて、「ヨー」「ホー」「イョー!」

「イヤー!」と囃子方の掛け声も大きくなり、笛、小鼓、大鼓、太鼓の音が激しいも
のになっていった。

激しく大鼓を打つ囃子方をみつめていた佐平太はあることに気づいた。

きちんと中剃りをした三十歳前の端正な男なのだが、顔がちひろによく似ていたの
だ。もしかすると二人は兄妹なのではないかと佐平太は思った。

「大鼓を打っているのは何という名のお囃子方ですか?」

小森が佐平太を見た。

「何故そんなことを尋ねる」

「若いのに見事な腕だと感心したものですから」

確かに四人の囃子方の中では一番若かった。

「すいません、うるさく色々お聞きしてしまって。能は全くの素人《しろうと》なものですから」

「高安扇之丞《たかやすせんのじょう》といって、囃子方大鼓の鷺坂流家元だ」

「あんな若いのに家元ですか?」

「年齢は関係ない。先代の家元が早く亡くなったから、扇之丞は十五歳の時から家元

の座に就いていた」

「十五歳の時からですか。しかし、それだけ詳しいということは、相当な能好きなんですね、小森さんは」

小森は肯定も否定もせず黙って舞台に目を戻した。

高安扇之丞とちひろが兄妹だとすれば、小森は能好きなだけでなく、囃子方鷺坂流と何か深いつながりがあるのかもしれない。だから、ちひろは小森の屋敷に気楽に出入りしているのだと佐平太は思った。

盛大な拍手の中で「安宅」が終わると、

「私はこれで」

と、小森が佐平太に声をかけて立見席を離れていった。

佐平太は慌ててあとを追った。

「俺も帰ります」

「勧進能はまだ終わってはいないぞ」

「十分堪能《たんのう》しました」

佐平太は小森に続いて戒行寺の正門へ向かった。

背後から、

「お待ちください」

と、白髪《しらが》が目立ち始めた中年男鉄蔵《てつぞう》が駆け寄ってきた。

鉄蔵は大鼓鷺坂流の番頭で、佐平太に黙礼すると小森に近づいて話しかけた。

「家元が楽屋の方で寛《くつろ》いで頂くように仰ってます。よろしければお酒の仕度もしてありますのでお越しください」

「折角だがあいにく所用があるので失礼する。家元にはよろしく言ってくれ」

「畏《かしこ》まりました」

鉄蔵に見送られて正門を出ると、小森が足を止め佐平太に酒を呑む手真似をして、

「こっちはいける口か」

「ええ、そこそこ」

「神楽坂《かぐらざか》にうまい酒を呑ませる店がある。付き合うか」

「喜んでお供します。でも、所用があるのでは？」

「これが、その所用だ」

と、小森はまた歩き出した。

さっきまでと違って足を速める小森に、佐平太は急いで続いた。

勧進能出演者の楽屋は戒行寺の本堂に用意されていた。

各流派ごとに衝立《ついたて》で仕切られ、人数の違いで広さに大小があるが、どこも一番奥を流派の家元が占めていた。

中程度の広さの大鼓鷺坂流の楽屋では、出番を終えた扇之丞が内弟子の一人に手伝わせながら舞台用の衣装を着替えていた。

そばで別の内弟子が扇之丞が脱いだ裃と袴を丁寧《ていねい》に畳み、もう一人は紐《ひも》や鼓皮をはずした大鼓を黒塗りの木箱に納めていた。

大鼓は桜などの木をくりぬいて作った鼓胴《つづみどう》になめした馬や鹿の皮を調緒《しらべお》と呼ばれる麻紐で固く結んだ楽器で、演奏前に鼓面の鼓皮を炭火などであぶり硬い音色を保つようにする。小鼓のような音色の違いはなく、強弱で打ち分けるのだが、鼓面を打つ右手の指を守るために和紙を糊《のり》で固めた指皮をはめている。

「失礼いたします」

銕蔵が入ってきてまっすぐ奥へ進み膝をついた。

「お声をお掛けしたのですが、あいにく小森さまは所用がおありだとかで、お帰りになりました。家元によろしく伝えてくれと仰ってました」

噴き出す顔の汗を手ぬぐいで拭《ぬぐ》いながら扇之丞は黙って頷《うなず》いた。

「安宅」の舞台で激しく大鼓を打ち鳴らしていた扇之丞の息はまだ荒く、顔の汗もなかなか引かず、右手にはめた指皮にはどれもうっすら鮮血がにじんでいた。

神楽坂毘沙門天《びしゃもんてん》にほど近い路地裏の小さな居酒屋には浪人者や遊び人などの先客がいた。いかにも昼間から酒を出す店に集まりそうな連中ばかりだ。

見るからに生真面目《きまじめ》な小森がこういう居酒屋を知っていることが、佐平太には意外だった。

「ここにはよく来るんですか？」

「時々気晴らしに寄る」

「気晴らしに？」

「知り合いに会うこともないから気をつかわずにすむ。それに、徒目付だということも忘れられる」

小森はお猪口《ちょこ》の酒を呑みほした。

佐平太が酌《しゃく》をしようとしたが、

「自分でやるからいい。おぬしも余計な気遣いはするな」

と、小森は自分で酒を注いで呑んだ。

小森には徒目付だということを忘れたい時があるというのも、佐平太には意外だった。徒目付というのは杓子定規で融通のきかない人種だとばかり思っていたが、どうやら小森は違うらしい。佐平太はなんとなく親しみを感じていた。

「何人だ」

「え？」

佐平太は意味が判らず、小森を見た。

「子供だよ」

「ああ」

「何人だ」

「子供はいません、独身者《ひとりもの》ですから」

「私と同じか。所帯を持とうと思った相手はいなかったのか」

「残念ながらいませんでした。ずっと貧乏浪人でしたしね。小森さんはどうなんですか。その気ならいつでも嫁を迎えられたんじゃありませんか」

「機会はあったが、立ち消えになった」

「立ち消えに？」

「早い話が振られたんだ」

「小森さんがですか？」

「ああ、振られた。ものの見事にな。昔の話だ。思い出したくもない」

と、自嘲《じちょう》の笑みをうかべ小森はたて続けに酒を呑みほした。

その小森とあのちひろという女がどういう関係なのか、佐平太はどうしても確かめたくなった。

「扇之丞という鷺坂流の家元とよく似た女を見たことがあります」

酒を注いでいた小森の手が一瞬とまった。

「女を？」

「ええ、そっくりな女です」

「世の中には似た顔の人間が三人はいるというからな」

「あれほど似ているのは、血のつながりのある身内だとしか思えませんよ。扇之丞には妹とか従妹《いとこ》がいるんじゃないですかね」

「どうかな、そんな話は聞いたことはないが」

「ご存知じゃないんですか？」

「ああ。役目柄知り合っただけで、それほど親しい付き合いではないからな」

小森はそれ以上の話を避けるように立ち上がった。

「寄るところがあるので先に帰る」

「じゃ、俺も」

「おぬしはゆっくりしていけ」

と、小森は金を置いて店から出て行った。

卓上には小粒（一朱銀）が二個置かれていた。大金ではないが、このあと佐平太がへべれけになるまで追加注文をしてもこの店なら十分に間に合う。

小森は明らかに嘘をついている。自分のところに出入りしているちひろという女があれほど扇之丞に酷似していることに気づかないわけがない。もしかすると小森はちひろとの関係を扇之丞にも秘密にしているのかもしれない。そう考えれば小森が扇之丞の誘いを断った理由もなんとなく納得できる。

ちひろと扇之丞はやはり肉親に違いない、と佐平太は思った。

北町奉行所に戻った佐平太は、

「まず友部様にご報告を」

と、小川に年番方の用部屋へ引っ張っていかれた。

「残念ながら、今のところこれといった収穫はありません」

佐平太は申し訳なげに友部に報告した。

友部はいつものように佐平太を一顧だにせずに言った。

「予想通り荷が重すぎたようだ」

小川がとりなすように、

「野蒜にとってははじめての友部様じきじきのお役目ですし、何分にもまだ二日しか経っておらず――」

と口を挟むのを遮って、友部が冷たく言い放った。

「有能な人間は二日もあれば糸口くらい摑んでくる。だが、無能な人間からはたとえひと月経っても同じ答えしか返ってはこない」

なにも言えなくなった小川の傍らの佐平太が、突然、膝を進め、

「不肖野蒜佐平太、身命《しんめい》を賭《と》して必ずやご期待に副《そ》う所存です。何卒《なにとぞ》、今しばらくのご猶予を」

と、両手をついて友部に叩頭《こうとう》した。

友部は思わず佐平太に視線を向けた。

「小森和馬の弱味につながる糸口を、何か摑んでいるのか?」

「まだ確証はありませんが、このままあの徒目付に目を光らせれば必ず糸口が摑める

筈です」

友部は迷い顔になった。

友部の期待に副うつもりなど無い佐平太だが、今役目を解かれれば簡単に奉行所を出て小森とちひろのことを調べられなくなる。それだけはなんとしても避けたかった。

「小川さんからもどうか口添えをお願いします」

佐平太は小川に懇願《こんがん》した。

「友部様、本人がここまで申しているのは、それ相応の勝算があってのことではないかと思います。今しばらく続けさせては如何《いかが》でしょうか」

「そこまで言うならいいだろう。ただし、いつまでも待つ気はない。早急に小森和馬の弱味を摑め。いいな」

「畏まりました」

これでしばらくは堂々と奉行所を抜け出せる、と思いながら佐平太は畳に額《ひたい》をこすりつけた。

「野蒜の旦那」

地蔵橋の近くで佐平太を待っていた卯之吉が駆け寄ってきた。

「鷺坂流の家元には妹がひとりいたそうですよ」

扇之丞に妹がいないか調べてくれと卯之吉に頼んでおいたのだ。

「やっぱりそうか」

「その妹の名はちひろじゃないか」

「なんだ、そこまで知ってたんですか。ちひろって名の一歳違いの妹だそうです」

「ちひろという妹は兄の扇之丞と同居しているのか？」

卯之吉はかぶりを振った。

「じゃ、どこに住んでいるんだ？」

卯之吉がまたかぶりを振った。

佐平太には意味が判らなかった。

「どういうことだ？」

「どこにも住んじゃいませんよ。住んでるとすりゃこの世じゃなくて、あの世ってやってさあ」

「死んだということか？」

「ええ、それも二十年以上も前にね」

佐平太は驚きで言葉が出なかった。

「流行病《はやりやまい》で死んだって話です。可哀相にまだ五歳になったばかりだったそうですよ」

佐平太には信じられなかった。

あの女はちひろと呼ばれていたし、顔つきから見ても鷺坂流の家元扇之丞とは間違いなく血のつながりがある筈だ。扇之丞の妹が幼ない頃に病死したのなら、あの女は一体誰なのだ。

「旦那、どうかしたんですか、やけに深刻な顔しちゃって」

卯之吉が訝しげに声をかけた。

「いや、別にどうもしない」

「だったら急いで帰りましょうや。綾乃さんが夕飯の仕度して待ってるんですから」

「ああ」

卯之吉に続きながら、あることが佐平太の頭をよぎった。

二十年以上前に死んだことになっている扇之丞の妹はやはりあのちひろという女で、実は今も生きている。それを隠さなければならない事情が、きっと何かあるに違いない、ということだった。

徒目付小森和馬とちひろという女、そして大鼓鷺坂流の家元扇之丞、この三人の間にどんな秘密があるというのだ。

不意にかーんという甲高い大鼓の音が佐平太の脳裏に聞こえた。

次に、房次郎の死体を凝視していたちひろの蒼ざめた顔が浮かび、そしてゆっくりと消えた。

四

神田鍛冶《かじ》町の一角には数軒の居酒屋や小料理屋が軒《のき》を連ねているのだが、夜五つ半(午後九時頃)をすぎるとほとんどの店の軒行燈《あんどん》の灯が消えている。

灯りがついている小料理屋から二人連れの大工らしい酔客が出てきた。

「またどうぞ」

愛想《あいそ》笑いで二人を送り出した女将《おかみ》のおかよが軒行燈の灯を吹き消し、暖簾《のれん》を取り込んで店の中へ戻ると、

「お客さん、看板にしたいんですけど。すいません、もしお客さん」

と、奥の卓で突っ伏している着流しの侍に声をかけた。

酔って眠り込んでいたのは佐平太で、欠伸をしながら目を覚ました。

「いま何刻かな」

「五つ半を廻ってます」

「いかん、もうそんな刻限か。すまんが、酔い覚ましに熱いのを一本貰えないかな」

「ですけど」

「看板なのは判っている。もう一本だけだ。それを呑んだら帰る。約束する。もう一本だけ頼むよ」

　おかよは仕方なく調理場へ入って銚子《ちょうし》に酒を入れて燗《かん》をしはじめた。

「手伝いの小女《こおんな》がいたと思ったが」

「あの子は通いなんで先に帰らせました」

「ということは、ここには女将と俺、ふたりだけってことだ。またとない巡りあわせだが、房次郎に化けて出られちゃかなわんからな」

　おかよが燗をした銚子を運んできて酌をしながら、

「房次郎さんと知り合いなんですか」

「俺もこっちに目がなくてな」

　と、佐平太は壺を開ける手真似をした。

「博打仲間ですか」

「そういうことだ」

佐平太は猪口の酒を呑みほしておかよの酌をうけながら、

「房次郎が通い詰めるだけのことはある。小股《こまた》の切れ上がったいい女ってな女将のような女のことだな」

「お上手ばっかり」

口ではそう言いながらおかよは内心満更でもないことが顔に出ている。

佐平太はさりげなく核心に切り込んだ。

「以前房次郎は能のお囃子方で内弟子をしていたそうだな。確か鷺坂流とかいうお囃子方だとか言ってた」

「ええ、そう言ってました」

「博打に入れあげすぎて鷺坂流を破門になったたって話は?」

「ちらっと聞いただけですけど」

「それにしても皮肉な話だぜ。付きが巡ってきたばっかりにあんなことになってしまったんだからな。博打で儲けたりしなければ、大金持ち歩いて辻斬りに狙われることもなかっただろうからな」

「お金は博打で儲けたんじゃないって言ってましたけど」

「博打じゃない？　それじゃ、何で大金を手に入れたんだ？」

「なんでも金づるができたとか」

「金づるが？　どんな金づるができたんだ？」

「はっきりとは言わなかったけど、相手はお囃子方をしてた頃の知り合いみたいで、一生金の苦労はしなくてすむって」

「鷺坂流の内弟子だった頃の知り合いってことか」

佐平太は猪口の酒を呑もうとした。

その佐平太の手に自分の手を重ねて、おかよが艶《つや》っぽい目で言った。

「あたしも頂こうかしら」

「あ、ああ」

佐平太が思わず猪口から手を離すのを見て、おかよがくすっと微笑《ほほえ》んだ。

「大きな図体して悪ぶってるけど、旦那って純情なんだ」

「い、いや、俺は」

佐平太は慌てて言い繕《つくろ》おうとしたが、

「そこがまたとっても可愛くて魅力的、ふっふふ、あたしの好みにぴったり」

おかよはうっとりと佐平太をみつめた。

「い、いかん。大事な用を忘れてた」

と、佐平太がいきなり立ち上がった。

「あら、帰っちゃうんですか。つまんない」

「先を急ぐんで今夜はこれで」

卓上に勘定をおいて、佐平太はあたふたと表へとび出した。

こちらから仕掛ける芝居はなんとかできるようになった佐平太だが、相手に迫られるのにはなれていない。

日本橋の東にある村松町《むらまつ》は旗本の武家屋敷町と隣接する町人の町で、八百屋や荒物屋、駄菓子屋などの小さな商店や棟割《むねわり》長屋が軒を連ねている。

一軒だけ旗本屋敷にも引けを取らないような邸宅があり、それが囃子方鷺坂流家元の住居だった。

「じゃ、家元の他に住み込みの内弟子が四人、通いの女中が三人いるってわけだ」

卯之吉が出入りの八百屋から話を聞いていた。

昨夜遅く寝こみを佐平太に叩き起こされ、鷺坂流家元の身辺を調べるように頼まれたのだ。

出入りをしているといっても野菜は勝手口から届けるから詳しい間取りを見知っているわけではないが、部屋数は大小十以上あり、二十畳を超える稽古場と客用を兼ねた厠《かわや》の他に、家元専用の厠と檜《ひのき》風呂があるらしいと八百屋が卯之吉に話した。

西国の大名や大身旗本、日本橋の大店《おおだな》の旦那衆などの要望で度々能舞台に出ているようで、その出演料が相当な額らしいことは邸宅の構えを見れば判る。

年番方与力友部秦之丞の命令で鷺坂流家元の身辺を調べなければならないのだが、そのことは決して他言するなと佐平太に言われている。

内心は半信半疑でもっと別な理由があるような気がしている卯之吉だが、綾乃から佐平太の小者としての役目を果たすように言われている身としては、本当の理由など知らない方が動きやすいと思っている。なまじ本当の理由を問い詰めて、それがくだらないものだと判ったら自分がさっさと小者としての役目を放り出してしまうと判っているからだ。これは佐平太のためではなく綾乃のためにやっているのだと、卯之吉は自分に言い聞かせている。

「家元がお出かけだ」

一方を見て八百屋が言った。

卯之吉は邸宅の表に目を凝らした。

内弟子たちに見送られて、外出仕度をした扇之丞が出かけていった。

小森が今日は病欠だと聞いて、佐平太は小石川御門外の小森の屋敷へ向かっていた。

小森が置いていった呑み代の半分が余ったので返しにきたという口実で、できればずばりちひろのことを尋ねるつもりでいた。

佐平太が小森の屋敷から出てきたちひろを見たと言えばどんな反応をするか、それを確かめたかった。

不意に佐平太が立ち止まった。

斜め前方を急ぎ足で行く小森の後ろ姿が目にとまったのだ。

病欠の筈の小森が急いでどこへ行こうとしているのだろう。

佐平太は気づかれないように距離を置いてそっと小森のあとを追った。

菊《きく》坂を上って加賀藩上屋敷と水戸《みと》藩中屋敷の前を通って、小森は根津《ねづ》神社方面へ先を急いでいた。

根津神社は本殿と拝殿を石の間と呼ばれる低い幣殿で繋《つな》ぐ権現造りで建てられており、庶民の間では根津権現の名で親しまれていた。

表門から参道へ入っていった小森を追って、佐平太も根津神社の中へ足を踏み入れた。

本殿まで続く参道にはかなりの参詣客が行き交っていた。

佐平太は目で小森の姿を捜した。

だが、参詣客の中に小森の姿は見当たらない。

佐平太は慌てて辺りを見廻した。

参道の途中に木立《こだち》に囲まれた小道があり、入《はい》り口に『←裏門』と書かれた立て札が出ている。

佐平太はその小道に走り込んだ。

木立の向こうに小森と、そしてちひろの姿が見えた。

二人は向かい合って立っていた。

佐平太は木陰に身を隠して耳を澄ましたが、離れすぎていて二人の会話を盗み聞くことはできない。

声は聞こえないが、小森もちひろも厳しい表情で言葉を交わしている。

小石川御門外の屋敷ではなく、人目を避けてこんなところで会っていることから見ても、何か差し迫った事情があるに違いない。

突然、今にも泣き出しそうな顔でちひろが小森の前から身を翻《ひるがえ》し、裏門の方へ小走りに駆け去っていった。

小森は悲痛な表情で参道の方へ戻ってきた。

佐平太は木陰で息を殺して小森をやり過ごした。

小森に会う前にまずちひろに接触しようと佐平太は思った。

房次郎の死体を凝視していたちひろが姿を消したのは日本橋へ通じているあたりだった。日本橋方面へ向かえば、たぶん、ちひろを見つけられる筈だ。

その佐平太の見込みは的中した。

昌平《しょうへい》橋を渡って神田須田《すだ》町を通り室《むろ》町三丁目にさしかかったあたりで、前方を行くちひろを発見した。

佐平太は気づかれないように注意しながらちひろを追った。

室町二丁目の手前でちひろは左に折れ、瀬戸物《せともの》町へ向かった。

大店から間口半間足らずの小さな店まで大小様々な瀬戸物屋が建ち並ぶこの町にはいつも大勢の買い物客がやってきている。

その人波の中で佐平太はついちひろを見失ってしまった。

瀬戸物町を抜け、水路の中央に架かっている中ノ橋の上から四囲を捜したが、ちひろの姿を見つけることは出来なかった。

　佐平太はため息をついて中ノ橋から戻ろうとした。

「野蒜の旦那」

　と、橋の反対側から卯之吉が駆け寄ってきた。

「卯之吉？」

「仕様がねえな、こんなとこで何やってるんですよ」

「お前こそここで何してるんだ」

「旦那に言われたことをやってるんじゃないですか」

「俺が言ったのは鷺坂流の家元の身辺を調べろと」

「だから、その家元のあとをつけてきたんですよ」

「家元のあとを？」

「そうですよ。ほら、あそこに見える家」

　と、卯之吉は橋の反対側の小舟町《こぶな》にある黒塀に囲まれた一軒家を指差して、

「鷺坂流の家元はあの中に入っていったんですよ。きっと妾《めかけ》の家ですぜ。それが証拠に一刻半（約三時間）近く入ったきり出てきやしねえんだから。もっとも家元は独身者だから、妾じゃなくて情婦ってやつでしょうけどね」

扇之丞の情婦が住んでいる家の近くで佐平太はちひろの姿を見失ってしまった。ちひろは扇之丞の妹に違いないのだから情婦の筈はないが、それにしても妙な偶然だと佐平太は思った。

「ようやく出てきましたぜ」

と、卯之吉が言った。

佐平太は黒塀の一軒家にさりげなく目を向けた。

一軒家から出てきた扇之丞が水路の脇を通って右に曲がっていった。

「それじゃあっしは」

卯之吉が扇之丞のあとを追った。

兄妹とはいえまるで双子のように顔立ちがちひろとよく似ていると思いながら扇之丞を見送り、佐平太は橋の上から戻りかけて立ち止まった。

「まさか……！」

佐平太の中にある疑惑が頭をもたげてきた。

それを確かめるためにも小森に会わなければと佐平太は思った。

玄関先で声をかけたのだが下男の嘉助・お竹夫婦が姿を見せないので、佐平太は裏手へ廻った。

「小森さん、野蒜です、野蒜佐平太です」

佐平太は裏木戸から裏庭に足を踏み入れた。

離れに小森が背を向けて座しているのが見えた。

「こちらだったんですか。誰の返事もないもので、失礼だとは思ったんですが勝手に裏からお邪魔しました」

「下男夫婦がいたんだが、さっき暇を出した」

背を向けたまま小森が答えた。

「暇をですか？」

怪訝《けげん》に思いながら離れに近づこうとした佐平太は思わず目をみはった。

小森の四囲に鮮血が広がりはじめていた。

そして、小森の上半身がふわっと傾いた。

咄嗟《とっさ》に離れに駆け上がって、佐平太は崩れかけた小森を抱きとめた。

その小森の腹部には小太刀が深々と突き立っていた。

小森は切腹していたのだ。

「小森さん⁈」

佐平太は愕然《がくぜん》と息を呑んだ。

小森の命はすでに風前の灯《ともしび》だった。

「私は……私は人を斬り殺した……房次郎という男を……龍閑橋の下で……」

「房次郎を斬ったのはちひろさんのためなんですね」

小森は驚きの目で佐平太を見た。

「俺は二度ちひろさんを見ています。この離れで大鼓を打っていたちひろさんと、今日根津神社であなたと会っていたちひろさんを。あなたはちひろさんがこの先強請《ゆす》られずに済むように房次郎を斬った」

「違う、そ、そうじゃない。私は私怨《しえん》で、ただの私怨で房次郎を――」

「昔、流行病で死んだのは扇之丞の妹ではなく、扇之丞自身だった。その時から、妹のちひろさんが扇之丞として生きてきたんですね。能の世界では女は決して舞台に立てないとか。鷺坂流を守るためにはそれしかなかった。あなたは扇之丞ではなく、ちひろさんと出会ったに違いない。そして、思いを寄せた。しかし……」

佐平太は小森をみつめながら静かに続けた。

「ちひろさんは女として生きていけないことを知った。女としてではなく鷺坂流家元扇之丞として、男としてしか、生きてはいけないことを」

血の気が引きはじめた小森の顔が悲哀に揺れた。

「それを知って、あなたは振られたのだと思うことで気持ちにけじめをつけ、陰ながらちひろさんの、鷺坂流家元扇之丞の力になろうと心に決めた」

「私は……私は……」

「心配しないでください。このことは決して誰にも漏らしません。約束します」

小森の顔に安堵《あんど》の色が浮かんだ。

「私の役目は……終わった……終わったのだ……」

か細い声で呟き、小森は息を引き取った。

佐平太はむくろとなった小森を抱いたまま動かなかった。

雲に覆《おお》われた夜空からぽつぽつと雨粒が落ちていた。

小舟町の家々はとっくに眠りについているが、黒塀の一軒家だけ灯りがもれている。

その一軒家では、扇之丞が鏡台に向かっていた。

扇之丞は昼間ちひろが着ていた着物姿で、中剃りの頭には羽二重をしており、丸髷《まるまげ》のかつらをつけた。

鏡台に映った顔は扇之丞ではなく、ちひろだ。

いきなり背後の襖障子を開けて、

「やっぱりこちらでしたね」

と、銕蔵が入ってきた。

「何をしておいでなんですか」

「夜が明けたら和馬さんに会ってきます」

「小森様には昼間お会いになった筈です」

「ええ、お前の言ったことを確かめにいきました」

「ご本人がお認めになられたんでございましょう、房次郎を手にかけたのは小森様だと。ですから、小森様には二度と会わないとお伝えになった」

「鷺坂流を守るためには、和馬様とかかわりのあることを世間に知られるわけにはいかないと、お前に言われたことをそのまま小森様に。でも、私の間違いでした」

「何ですって」

銕蔵の顔が険《けわ》しくなった。

「私が自分は女としては生きられないのだと打ち明けた時、和馬様は仰いました。ちひろのことは今日限り忘れる。その代わり鷺坂流の家元扇之丞のことは一生守り続ける、と。私の秘密を嗅《か》ぎつけてお金を強請ってきた房次郎を小森様が殺《あや》めたのは、私を、扇之丞を守ろうとしたからなんです。それなのに、二度と会わないなどと、こちらの都合ばかり考えた自分が恥ずかしい」

「だから、もう一度小森様に会って前言を取り消すわけですか」

「そのつもりです」

「冗談じゃない。馬鹿な真似はおやめください。小森様が房次郎を斬り殺したことが世間に知れれば、鷺坂流もただでは済まなくなります。下手をすれば由緒ある囃子方鷺坂流が消滅することにもなりかねないんです。お兄様が亡くなった時、妹のちひろさんを身代わりにするしか鷺坂流を守る手立てはないと、この銕蔵が先代に申し上げました。先代の死後も、家元と私は必死で鷺坂流を守ってきました。それが水の泡になっても構わないと仰るんですか」

「これ以上和馬様を踏みつけにはできない」

ちひろがきっぱりと言った。

銕蔵が冷やかに顔を歪《ゆが》めた。

「もう手遅れですよ」

「手遅れ？　どういうことです？」

「小森様は切腹してお果てになったそうですよ」

ちひろは驚きのあまり言葉が出なかった。

「家元に迷惑がかからないように自分の身を始末なさったんでしょう。流石《さすが》は小森様、立派なお侍だ」

「そ、そんな……！」

ちひろは暗然と視線を泳がせた。

背中越しに銕蔵がちひろの胸もとに手を忍ばせた。

「何をするんです！」

銕蔵の手を払いのけようとしたちひろだが、男の力には敵《かな》わない。銕蔵にがっしりと抱きすくめられ、抗うことができない。

「お嬢さんには家元を続けて頂くだけでなく、そろそろ跡継ぎを産んで貰わなくちゃなりません。お囃子方の修業を積んでいたこの銕蔵のたねなら、間違いなく一級品の鷺坂流の跡継ぎが生まれますぜ」

「やめて……や、やめて……！」

ちひろは必死で抵抗する。

だが、銕蔵は構わず殴《なぐ》りつけて、ちひろの上に覆いかぶさろうとする。

背後から襟首を摑まれて、銕蔵の躰が宙に浮き、どっと転がされた。

銕蔵をちひろから引き離したのは、佐平太だ。

「誰だ、お前さんは」

「小森さんの知り合いだ」

銕蔵は目を凝らして佐平太を見上げた。

「あの時戒行寺で一緒だった……！」

「内弟子だった時には気づかなかった房次郎が、今頃になってどうして家元の秘密を知ったのか。そのわけがやっと判ったよ。銕蔵、お前が房次郎の耳に入れたんだな」

「馬鹿馬鹿しい。どうして私がそんなことをしなきゃならないんだ」

「秘密を知れば房次郎が金を強請り、家元を守るために小森さんが必ず房次郎を消すと考えたからさ。それだけじゃない、小森さんの性格からして最後には自分の身を始末するに違いないと、お前はそこまで計算したんだ」

「冗談じゃない。証拠もなしにそんなでたらめが通用すると思ったら大間違いだ。私は誰も殺しちゃいない。私は鷺坂流のためによかれと思って――」

いきなり佐平太の鉄拳がうなりをあげた。

銕蔵の躰がふっとび、壁に叩きつけられた。

鋏蔵は呻《うめ》きながら立ち上がろうとしたが、佐平太に踏みつけられた。

「御法じゃ裁《さば》けなくても、俺が容赦はしない。場合によってはあの世に送ってやる」

佐平太は腰の大刀を抜いて、鋏蔵の首筋に突きつけた。

「それが嫌なら、今すぐこの江戸から消えて、二度と戻ってくるな。もし、戻ってきたら生かしてはおかない。判ったな」

鋏蔵は蒼白《そうはく》で首を縦にふり、佐平太が大刀を鞘に戻すやいなや、転がるように逃げ去っていった。

「教えてください、私はどうすればいいのか」

ちひろが縋《すが》るように佐平太を見た。

「どうすれば、どうすれば和馬さんに償《つぐな》えるんでしょうか」

「どうすればいいか、俺にも判らない。ただ、これだけは言える。小森さんは扇之丞という鷺坂流の家元を守ろうとしたんじゃない。ちひろという人を守ろうとしたんだ」

「ちひろを……」

「本当は小森さん、ずっとこう言いたかったんだと思う。女として生きてほしい、自分と一緒に、女として」

佐平太はそのまま部屋から出て行った。

ちひろは耐え切れずに声をあげて泣き崩れた。


雨上がりの夜道を八丁堀へ戻りながら、佐平太は明日北町でどう報告しようかと考えていた。

徒目付小森和馬が遺書も残さず自刃したにもかかわらず何の手がかりも摑めずじまいの佐平太に、小川は口角泡を飛ばして小言を並べ、与力の友部はいつものように冷たく一瞥《いちべつ》するだけであとは無視するに違いない。

役立たずの独活の大木という評価は決して居心地の悪いものではないし、それはそれで構わないと佐平太は思っている。

いつの間にか東の空が白みはじめていた。


その日から銕蔵だけでなく、扇之丞の姿も消えた。家元のいなくなったお囃子方鷺坂流は、結局能の世界から消滅することになるだろう。

江戸近郊の尼寺に大鼓を打つ尼僧がいるらしいという噂を耳にしたが、その尼僧がちひろかどうか、佐平太は確かめようとはしなかった。

第二話　島帰り

一

「こんにちは。どなたかいらっしゃいませんか」

外から女の声が聞こえた。

別棟で頭から布団をかぶって寝ていた佐平太が顔を出した。

今日は夜番で、暮れ六つ（午後六時頃）前に奉行所に出たあとは明朝まで起きていなければならない。だから、昼までは寝溜《だ》めしておくつもりだった。

「あの、どなたかいらっしゃいませんか」

また女の声が聞こえた。

佐平太は仕方なく目をしょぼつかせながら起き上がって、別棟の玄関戸を開けた。

表には見覚えのある若い女が立っていた。

「すいません、綾乃さんは――」

言いかけた若い女は、突然、目を瞑《つむ》って佐平太から顔をそむけた。

その原因は佐平太の姿だった。

寝相がいい方ではないので、着ていた寝巻きが肌蹴《はだけ》てしまって褌《ふんどし》一丁の裸体とさして変わりがなくなっていたのだ。

佐平太は慌てて寝巻きを直し、

「あんたは確か呉服問屋の？」

「はい、越前《えちぜん》屋で働いている咲《さき》です」

お咲は何度か綾乃のところへ来ているから佐平太は顔を覚えていた。

「急ぎの仕立て仕事を届けにきたんですけど」

と、お咲は手にした風呂敷包みを見せた。

「綾乃さんはいないのかな」

「留守みたいなんです」

「そう言えば、昨夜──」

夕食の時、明日は朝から千坊を連れて京橋《きょうばし》の青物市場へ出かけると綾乃が話していたのを佐平太は思い出した。

卯之吉も木彫りの仕事で出かけている筈《はず》だ。

「昼前には帰ってくると思うんだがな」

「じゃ、出直します」

「構わなきゃ俺が預かっておくよ」

「いいんですか?」

「出直すのは二度手間だし、置いていくといい」

「助かります。お言葉に甘えてそうさせて貰います」

お咲は風呂敷包みを佐平太に手渡し、

「よろしくお願いします」

と、頭を下げて帰っていった。

越前屋は神田鍛冶町にある呉服問屋で、日本橋に店を構える大店《おおだな》と違って庶民相手の安い反物も扱っている。そういう店だから、元町方同心の妻という半分素人の綾乃にも仕立て仕事を依頼している。

鍛冶町は日本橋を北へ渡ってかなりあるから、お咲にここまで出直させるのは酷だった。

風呂敷包みを母屋へ持って行こうとした佐平太が振り返った。

「ただいまぁ」

と、千太郎が両手に小ぶりの大根を一本ずつ持って帰ってきたのだ。

「京橋の大根《だいこん》河岸で買ってきたんだな」

「うん、買ってきた」

千太郎が元気に答えた。

京橋の北詰には下を流れる京橋川を船で運ばれた野菜を売る青物市場があり、特に練馬《ねりま》大根などが多かったから大根河岸とも呼ばれていた。

綾乃も十本近い大根を入れた買い物籠を抱えて戻ってきた。

「お帰りなさい。持ちますよ」

佐平太が手を出して買い物籠を持った。

「すいません。練馬大根もそろそろ終わりですから買っておこうと思って。まとめて買えば少し値引きして貰えるんです」

冬野菜の大根はおでんの具などだけでなく、漬物や切干し、茹《ゆ》で干しにすれば一年中食卓に出せる貴重な保存食だった。

「それは、もしかして越前屋さんから？」

佐平太の一方の手の風呂敷包みを見て綾乃が言った。

「今しがたお咲という娘が届けてきたんです、急ぎの仕立て仕事らしくて」

綾乃は風呂敷包みを受け取って、中に入っていた紙片を見た。そこには仕立物の裄《ゆき》や丈《たけ》の寸法や仕上げ期日などが書かれていた。

「明日の昼過ぎには仕上げないと」

「一日で着物を仕立てるなんて無茶ですよ。断ればいいんです、そんな仕事。奉行所へ出る前に越前屋に寄って俺が返してきますよ」

「こちらからお願いして仕事を廻して貰ってるのに、そんなことはできません。大丈夫です、急ぎの仕立ては前にも何度かやってますから」

綾乃は笑顔で言った。

北町同心の夫・田崎千之助が生きていた頃から、綾乃は家計を補うために仕立て仕事の内職を続けてきた。

できれば綾乃をその苦労から解放してやりたいと思っている佐平太だが、同じ三十俵二人扶持《ぶち》の町方同心の身では無理な相談だ。まして、今の綾乃にとっては内職というより、母子ふたりの暮らしを支えるためになくてはならない仕事になっている。

とりあえず佐平太にできるのは綾乃の代わりに大根を洗うことくらいだ。

「すいません、野蒜さんにそんなことまでさせちゃって」

「いいんですよ、これ、一度やってみたいと思ってたんです」

と、佐平太は井戸の水を汲《く》み、束子《たわし》でごしごし大根を洗いはじめた。もちろん、一度もやってみたいなどと思ったことはなかったが、そう言えば少しは綾乃も負担に感じなくてすむだろうとついた嘘だった。

翌朝五つ半（午前九時頃）、佐平太は生欠伸《あくび》を嚙《か》み殺しながら北町奉行所から出てきた。

「こっそり一眠りしようなどと考えるな。眠気に負けて夜番も満足に勤まらんのでは町方同心失格だぞ」

胡麻塩《ごましお》頭の年番方同心小川藤兵衛にそう言われたことより、綾乃も徹夜で仕立て仕事をしていると思うことで、佐平太はなんとか襲いかかる眠気をしのいだ。

しかし、このまま八丁堀へ戻ればすぐさま眠り込んでしまうだろう。それでは綾乃に申し訳ない。あっちは夜通し仕立て仕事を続けているというのに、こっちは夜番といってもただ起きていたというだけで大した仕事はやっていない。

綾乃が仕立物を縫い終わる昼過ぎまで時間をつぶすしかないと、佐平太は途中で日本橋を渡り、人通りが増え始めた室町通りから柳原堤《やなぎわらつつみ》に出て、両国《りょうごく》広小路まで足を伸《の》ばしてみようと思った。

室町通りを過ぎ、神田鍛冶町二丁目にさしかかった辺りで「呉服・反物・越前屋」の看板が目に入った。

綾乃に仕立て仕事を発注している呉服問屋だ。間口が二間程の店構えで大店より規模は小さい。

店の横手からお咲が出てきた。

佐平太が声をかけようとしたが、お咲は気づかずに通りを小走りに進むと鍋《なべ》町の手前で右に折れた。

佐平太はそのまま通り過ぎるつもりだったが、暇つぶしにお咲の行き先を確かめてみる気になった。

お咲のあとを追って佐平太も鍋町の手前で右に折れ、小路に入った。

左右に乾物や味噌、蠟燭《ろうそく》、小間物などを扱う小さな店が軒を連ねており、通りほどの人通りはないもののそれなりに賑《にぎ》わっていた。

だが、小路にお咲の姿はなかった。

どこかの店に入ったのかもしれない。

佐平太は一軒一軒店の中を確かめながら進んだが、どの店にもお咲は見当たらなかった。

確かめたといっても表から見える範囲だから、お咲はどこかの店の中に上がり込んだのかもしれない。そこまでは確かめようがないから、佐平太は諦《あきら》めて戻りかけた。

小路の一角に稲荷杜《いなりもり》があるのが目に入った。

稲荷神は人の主食になる米・麦・粟《あわ》・黍《きび》・豆の五穀を司る倉稲魂神《うかのみたまのかみ》を祀《まつ》り、農耕神だけでなく商業神、漁業神などとして信仰の対象にもなっていたから、江戸の町には小さな稲荷杜が数多くあった。

佐平太は木立の奥を覗いた。

誰かと立ち話をしているお咲の姿が見えた。

相手は半纏《はんてん》姿の見るからに人の良さが滲み出している職人風の男だった。

お咲の顔にも時々微笑が浮かんでいる。

楽しそうな二人の姿に佐平太の頰《ほお》がゆるんだ。

「野蒜の旦那？」

近くを通りかかった卯之吉が佐平太に気づいて歩み寄ってきた。

「ここで何してるんです？」

「似合いの二人だと思ってな」

その佐平太の視線の先を見て、

「越前屋のお咲じゃないですか」

と、相手の男に目を移した卯之吉が驚いた。

「あいつは……！」

「知ってるのか」

「知ってるどころの騒ぎじゃありませんよ。あいつはね――」

と、言いかけた卯之吉が言葉を呑み込んだ。

稲荷杜の裏手へ去っていく職人風の男を笑顔で見送っていたお咲が出てきたのだ。

二人の姿にお咲が立ち止まって慌てて頭を下げた。

「さてはお咲ちゃんのいい人だな」

佐平太がからかうように言った。

お咲がぽっと頬を染めた。

「どうやら図星らしいな」

お咲は恥ずかしそうに下を向き、頬を染めたまま駆け戻っていった。

卯之吉が言った。

「まずいですよ。いくらなんでもまずすぎますよ」

「何がまずいんだ」

「相手の男ですよ」

「よさそうな相手じゃないか」

「よくありませんよ、全然」

「どうしてよくないんだ？」

「あいつは伊佐次《いさじ》という島帰りなんです」

「島帰り？」

「六年前人を殺して八丈《はちじょう》送りになって、三月《みつき》前ご赦免《しゃめん》になって戻ってきたばっかりなんですよ」

「人を手にかければまず死罪が決まりだ。六年の島送りで、それもご赦免になったということは、やむをえない事情があって人を殺《あや》めたからじゃないのか」

「浅草《あさくさ》で破落戸《ごろつき》に絡まれて殺されそうになって、揉み合ううちに匕首《あいくち》を奪って相手を刺しちまったんで」

「そういう事情ならただの人殺しとはわけが違う。まして、六年かけて罪を償い、これからは真面目に生きようとしてるに違いない。今はまだ島帰りだとは知らないのかもしれないが、いずれはお咲も知ることになる。その時どうするかはお咲が決めることだ」

「どうするもなにも、六年前伊佐次が刺し殺したのは与吉《よきち》っていうお咲の兄貴なんですよ」

「なんだって？」

「両親を早くに亡くしてて二人っきりの兄妹でしたから、お咲にとって与吉はこの世にたった一人しかいねえ肉親だったんですよ。その兄貴の与吉を、あの伊佐次が殺しちまったんでさあ」

佐平太は何も言えなくなってしまった。

人殺しとか島帰りということで一括《ひとくく》りにして、悪い人間だと決めつけて差別することは間違っていると佐平太は思っている。だが、事情はどうあれ肉親を殺された女と殺した男という関係はどこまでいっても変わらない。厳然とした事実として二人の間に立ち塞《ふさ》がる障壁なのだ。

卯之吉の話では、伊佐次を取り調べたのは当時北町の吟味方同心だった綾乃の亡夫田崎千之助だった。

事情が事情だけに田崎は極刑だけは免《まぬか》れるようにと奔走し、吟味方与力の裁きもいずれは赦免される可能性を含んだ島送りと決まった。

当時、伊佐次と死んだ与吉は同じ十八歳、お咲は十三歳だった。一人ぼっちになったお咲が困らないように、越前屋に住み込みの女中として奉公できるように骨を折ったのは綾乃だった。

千太郎を寝かしつけた綾乃が居間で待っていた佐平太の前に戻ってきた。

徹夜の仕立て仕事で疲れているだろうからと佐平太は明日話を聞くつもりだったのだが、綾乃は昼間半刻ほど横になったので大丈夫だと言った。お咲と伊佐次のことを聞いて今日中に話をしなければと思ったようだ。

「一ヶ月ほど前だったかしら――」

お咲は下駄の鼻緒が切れて立ち往生していたのを見知らぬ男に助けて貰った話をした。男は腰に下げた手拭いを裂いて親切に鼻緒を挿《す》げてくれたと、いつもはどちらかというと寡黙なお咲が嬉しそうに綾乃に話した。

「もしかするとその時の男の人かも。お咲ちゃん、相手の人に好意を持っている感じだったから」

「それが伊佐次との出会いだったわけか」

「でも、お咲ちゃんは兄さんを手にかけた下手人の名は知っている筈なんだけど」

「伊佐次という名を？」

「ええ。それに、ずっと言ってたんです、お咲ちゃん、どんな事情があったとしてもたったひとりの兄さんを殺した相手は絶対に許せないって」

「同じ名でも、兄貴を手にかけた伊佐次だとは知らずにいるのか、それとも伊佐次が偽名を使っているのか……」

そこへ卯之吉が帰ってきた。

「お帰りなさい。お腹すいたでしょう」

綾乃が茶碗にめしを盛って出し、

「お味噌汁あたため直すわね」

と、土鍋を手に勝手へ立った。

「頂きまーす」

卓袱台《ちゃぶだい》に向かった卯之吉がめしと切干し大根をかっ込みながら、

「伊佐次は伊助《いすけ》と名乗って左官をしてるようでさあ」

と、佐平太に報告した。

「やっぱり偽名を使ってたのか。伊佐次は以前から左官職人だったのか」

「いえ、浅草にいた六年前は大工とか経師《きょうじ》職人とか色んな見習いをしてたものの、どれも長続きしなかったらしいんですが、八丈じゃ本腰入れて修業をしたようで、一人前の左官の腕を身につけたって話です」

この時代は伊豆《いず》七島が主な流刑地だった。流刑地といってもちゃんとした囚獄があるわけではなく、囚人たちは掘立小屋に分かれて住み、島民の畑仕事や漁業の手伝いをして細々と生きていた。手に職を持った流人は島民に重宝《ちょうほう》され、他の囚人より少しはましな暮らしができた。伊佐次も生きるために左官の腕を磨いたのだろう。

ご赦免になった伊佐次は名を変え左官職人として新しくやり直そうとしているのだと、佐平太は思った。江戸へ戻って偶然出会ったお咲が六年前殺めてしまった男の実の妹だとは、おそらく、伊佐次も知らないのだろう。

二人が一生知らずにすむなら、佐平太はこのままそっとしておいてやりたいという気がしている。しかし、いつか必ず知る時がくる。その時に二人が受ける心の傷は、計り知れないほど大きいに違いない。不運な出会いをした二人だが、今ならまだ、二人の傷口は小さくてすむかもしれない。

どうするべきか、佐平太は思い悩んだ。

神田明神近くの大きな土蔵の外で、左官職人が数人手分けして壁の塗り直しをやっていた。

年代物の土蔵で壁のあちこちがぼろぼろに剝《は》がれ落ちており、塗り直した土壁に漆《しっ》喰《くい》で上塗りをしていた。

「伊助、来てるぜ」

年嵩《としかさ》の左官職人に声をかけられ、梯子《はしご》に登って壁を塗っていた伊佐次が振り返った。

土蔵の横手にお咲が笑顔で立っていた。

伊佐次は笑みを返し、年嵩の職人に、

「ちょっといいですか」

「ああ、そろそろ昼めしにしようと思ってたとこだ。みんな、昼めしだ昼めしだ」

他の職人たちも仕事の手をとめ、近くのめし屋に向かった。

伊佐次は汚れた手を拭きながら、土蔵の横手のお咲に歩み寄った。

「どうしたんだい？」

「お店のお使いで近くまできたものだから。お昼はまだなんでしょう」

「ああ、これからだ」

「よかった。はい、これ」

と、後ろに隠し持っていた箱詰めの弁当を伊佐次に差し出し、

「伊助さんに食べて貰おうと思って」

「いいのかい」

「お店の賄《まかな》いの残り物で悪いんだけど」

「とんでもねえ。お咲ちゃんが拵《こしら》えた賄いなんだろう」

「ええ」

「遠慮なく頂くよ」

「あのね、昨日の話なんだけど」

「返事は今でなくていいんだ。先でいいんだ。ただ、お咲ちゃんに俺の気持ちを判ってて貰いたかったから。だから、返事は先でいいんだ」

「判った。あたし、お店に戻らないと」

と、立ち去りかけたお咲が足を止め、背を向けたまま言った。

「あたしも思ってた……伊助さんと一緒に暮らせたらいいなって」

「本当かい？」

お咲は背を向けたまま恥ずかしそうにこくんと頷《うなず》き、小走りに駆け去っていった。

「お咲ちゃん……！」

笑顔で見送り、伊佐次は木立の根方に腰を下ろして弁当の蓋《ふた》を開けた。

中味は白米に煮物と漬物、梅干だった。

伊佐次は弁当に箸《はし》をつけようとして気配に横を見た。

黒羽織姿の佐平太が近づいてきたのだ。

「北町の野蒜佐平太という者だ」

伊佐次は緊張の色で立ち上がろうとした。

だが、佐平太はそれを制して自分も根方に腰を下ろした。

「お前の過去をとやかくいうつもりは毛頭ない」

伊佐次が驚いたように佐平太を見た。

「伊助と名を変えて、お前がやり直そうとしていることも判っている。ただ、お前の耳に入れておかなきゃならないことがある。その弁当をお前のために作った、お咲のことだ」

「お咲ちゃんのこと？」

「そうだ」

「おいらに、お咲ちゃんの何を……？」

「お咲には、五歳違いの与吉という兄貴がいた」

「与吉？」

みるみる伊佐次の顔から血の気が引いた。

「ま、まさか……」

「そのまさかだ。どっちの耳に入れるか迷ったが、男と女じゃ立ち直り方も違う。お咲はまだ十九歳になったばかりだ。できれば傷つけたくない。きっとお前もそう考えるに違いないと思って、お前に知らせることにした」

伊佐次は何も言えずに激しく視線を泳がせていた。

「今ならまだ間に合う筈だ。お咲の心の傷をできるだけ小さなものにするために、どうするのが一番いいか、お前に考えて貰いたい」

そう言い残して、佐平太は静かに去っていった。

お咲が届けてくれた弁当を手にした伊佐次の目は尚も激しく、そして悲痛に宙を彷徨《さまよ》っていた。

その夜、他の左官職人たちと暮らしていた棟梁の家の離れから、伊佐次の姿が忽然《こつぜん》と消えた。

二

二月も半ば近くなると満開だった湯島《ゆしま》天神の梅も散り始める。

それでも境内《けいだい》は参詣がてら最後の梅見物を楽しみにやってきた人たちで賑わってい

る。

人混みの中に、綾乃母子とお咲の姿があった。

今日は月に一度しかない越前屋の休みで、湯島天神の梅を見たことがないというお咲を綾乃が誘ってやってきたのだ。

「梅の花ってこんなに綺麗だったんですね」

境内のあちこちに残っている紅梅や白梅にお咲は目を輝かせていた。

伊助と名乗っていた伊佐次が黙ってお咲の前から姿を消して、もうすぐ一ヶ月になる。当初は傍目《はため》にもそれと判るほど落ち込み、すっかり覇気がなくなっていたお咲だが、最近は明るくなってきた。

もともと伊助は本気ではなかったのだ、一緒になりたいと言われて舞い上がってしまったけれど、そういうことを気楽に口に出す男で、他の若い女にも同じことを言っていたに違いないと、お咲は自分の気持ちにけりをつけようとしている。そうでも思わなければ、何も言わずに突然伊助が消えてしまったことは、とてもお咲には受け入れられなかった。

お咲が無理して元気そうに振舞《ふるま》っていることは、綾乃にも判っていた。

だから、消えた伊佐次のことは一切口にしなかったし、お咲にそういう相手がいたことも話題にしなかった。時がすべてを解決してくれる。いずれお咲にも別の相手を好きになる日がくるだろう。

茶店の床几《しょうぎ》でお咲が千太郎と並んで無邪気に串団子を頬張っているのを、綾乃は微笑でみつめていた。

お咲には境内の一隅からも遊び人風の男が鋭い目を注いでいたのだが、当のお咲はむろん、綾乃もまったく気づいてはいなかった。


「お帰りなさい」

七輪で干物を焼きながら、卯之吉が戻ってきた佐平太に庭先から声をかけた。

「鰺《あじ》の干物か。美味《うま》そうだな」

「湯島天神の帰りに綾乃さんが小網《こあみ》町の干物屋で買ってきたんです」

「そう言えば今日はお咲と梅見物に出かけたんだ。綾乃さん、お咲の様子について何か言ってたか」

「一生懸命明るく振舞おうとしてるのが判るから、余計可哀相になるって言ってましたよ」

「そうか」

「仕方ありませんよね、もともと二人は出会っちゃいけなかったんだから。相手が自分の兄貴を殺した男だと知らないまま別れて、お咲にはよかったんですよ」

よかれと思って伊佐次の耳にだけ入れた佐平太だが、それが本当によかったといえるかどうか確信はない。ただ、卯之吉と同じく佐平太もあの二人は出会ってはいけない関係だったのだと思っている。

「そろそろいいんじゃないか。干物は少し生焼きの方が美味いんだぞ」

「干物も元は生物ですからね、ちゃんと火を通さなきゃ」

「焼きすぎたら身がぱさぱさになる。貸してみろ」

と、佐平太は箸を取り上げようとするが、

「大丈夫ですって」

卯之吉は構わず干物をひっくり返しながら焼き続けた。

「それ以上焼いたら焦《こ》がしてしまうぞ」

「平気平気」

耳を貸さない卯之吉に、佐平太は諦めて別棟に向かいかけた。

「今晩は。越前屋から参りました」

表木戸の外から屋号入りの半纏を着た越前屋の奉公人が声をかけた。

佐平太は表木戸の閂《かんぬき》をはずしながら、

「綾乃さんを呼んでくれ」

と、卯之吉に言って、越前屋の奉公人を組屋敷の中に入れた。

「越前屋から使いが来てますぜ」

卯之吉が母屋の綾乃を呼んだ。

「はーい」

母屋から綾乃が前掛けをはずしながら出てきて、

「急ぎの仕立て仕事かしら」

と、越前屋の奉公人に尋ねた。

「いえ、そうじゃありません。お咲がこちらにお邪魔してないかと思いまして」

「うちにはきてないけど、お咲ちゃん、越前屋さんにはまだ戻ってないの？」

「そうなんです。他の知り合いのとこかもしれませんので、そっちを捜してみます」

奉公人は佐平太たちにも頭を下げて戻っていった。

「お咲とは越前屋の近くで別れたんでしょう？」

「ええ、私たちは小網町に寄って帰るつもりだったけど、お咲ちゃん、他にどこかに寄るとは言ってなかったのよね」

佐平太が訊いた。

「越前屋の近所にお咲の知り合いがいるんですか?」

「何人か住み込みで近所のお店で働いてる同じ年頃の娘さんがいますけど、みんな休みが違うし」

「浅草にでも行ったんじゃありませんか。昔お咲は浅草に住んでたんだから、子供の頃の友だちだっているでしょうしね」

「浅草にはきっと足を踏み入れないと思うわ。野菻さんにも話したんだけど、お咲ちゃん、以前私に言ってたもの、死んだ兄さんのことを思い出すから浅草には行きたくないって」

「浅草じゃないとしたら、どこへ行ったんですかね。もっとも、あの男のことを忘れるためにどこかでぱーっと羽目をはずしたくなっても、それはそれで判らなくはありませんけどね」

「夜遊びなんかする子じゃなかったのに」

と、ため息をついた綾乃が顔をしかめて、

「何か焦げ臭いとは思わない」

「そう言えばちょっと焦げ臭いですね——あぁーっ?!」

卯之吉が振り返って大声をあげた。

七輪の上の干物から煙が立ち上っていた。

卯之吉が慌てて七輪から皿に移したが、干物はどれも焦げて表面が真っ黒になってしまっていた。

佐平太が干物の中味を確かめ、

「中までは焦げてない。身は食べられる」

と、魚の表皮を剝がして見せた。

卯之吉がお咲は浅草に行っているかもと言った時、佐平太は一瞬慌てた。浅草には伊佐次がいることを、佐平太は知っていたのだ。

綾乃からお咲は浅草にはきっと足を踏み入れないと聞いて、浅草に伊佐次が戻ったことを知っても佐平太は黙認していた。真面目にやり直そうとしていた伊佐次から、お咲ばかりか、浅草の地まで取り上げることはできなかったのだ。

この時、お咲と伊佐次の身に恐ろしい運命が迫っていたのだが、佐平太には知るよしもなかった。

浅草新鳥越町《しんとりごえ》には大小様々な寺院が建ち並んでいる。

夜五つ半（午後九時頃）をすぎ、どこの寺院もひっそりと寝静まっている。

ひとつだけ本堂から灯《あか》りのもれている小さな寺院があった。

そこでは、燭台《しょくだい》の灯りを頼りに脚立《きやたつ》の上で伊佐次が、ひとり、黙々と剝げ落ちた壁の修理をやっていた。

手や仕事着だけでなく、顔も泥の飛沫で汚れている。

しかし、伊佐次は汚れを拭こうともしないで仕事に没頭している。

背後で男の声がした。

「左官の徹夜仕事で、いくら稼げるんだ」

伊佐次は黙って仕事を続けた。

男は湯島天神でお咲を執拗《しつよう》なまでに見ていた美濃吉《みのきち》という遊び人である。

「どうせ端《はし》た金《がね》にしかならねえんだろうが。悪いことは言わねえ。そんなしけた仕事はさっさとやめて、この間の儲《もう》け話にお前も乗りなよ」

「はっきり断った筈だ」

「相変わらずけんもほろろか。友だち甲斐《がい》のねえ野郎だぜ」

「お前とは幼なじみだが、友だちとは思っていない」

仕事の手を休めずに伊佐次は言った。

「ちっ、ご挨拶《あいさつ》だぜ」

美濃吉は苦笑しながら脚立の下へ近づいて、

「ところで、どうして浅草へ戻ってきたんだ。昔を忘れて一からやり直すつもりで神田で働いてたお前が、僅《わず》か三月足らずで、それも、まるで逃げるように神田を離れてこの浅草へ舞い戻ってきたのは、何か理由があるからじゃねえのか」

「理由なんかない。ただの気まぐれだ」

美濃吉が脚立の上の伊佐次をじろりと見上げた。

「隠すなよ」

「俺が何を隠してるというんだ」

「お咲って娘のことさ」

伊佐次の手が止まった。

伊佐次の反応を確かめながら、美濃吉は話を続けた。

「周りから二人はいずれ所帯を持つに違いねえと思われていたらしいじゃねえか。それなのに、お前は急に神田から姿を消した、お咲って娘にも黙って」

「違う、違うんだ」

と、伊佐次が脚立から降りてきて、

「俺が神田を離れた事情とあの娘は何の関係もないんだ。まして、所帯を持つなんて話は根も葉もない噂《うわさ》で――」

「判ってるんだよ」

美濃吉が薄笑いで伊佐次を制した。

「知らなかったんだろう、あのお咲が六年前お前が刺し殺した男の妹だとは」

伊佐次は息を呑んだ。

「そうとは知らずにお前はお咲と知り合い、惚れちまった。だが、本当のことを知って、お前はお咲の前から姿を消さなきゃならなかった。惚れたお咲に実の兄貴を殺したのが、自分だとは知られたくなかったからだ。それだけ、お前がお咲に惚れてるってことだ。とどのつまり、お前に言うことをきかせるにゃ、あのお咲って娘を使うしかねえってことだ」

「美濃吉、まさか、お前」

「たとえばの話だよ。あのお咲のためとなれば、お前の固い頭も少しは融通がきくようになるに違いねえって話さ」

伊佐次が美濃吉の胸倉を摑《つか》んだ。

「お咲に近づくな。もし近づいたら容赦はしない。いいな」

「俺もお前に殺されたかねえや、お咲の兄貴みたいにな」

伊佐次は思わず美濃吉から手を離した。

美濃吉は薄笑いで立ち去っていった。

その場に立ち尽くした伊佐次の中に、不安が突き上げてきた。


井戸端で卯之吉が顔を洗っていた。

別棟から佐平太が朝の陽光に目をしょぼつかせながら出てきた。

「おはようございます」

「あ、ああ」

佐平太も「おはよう」と返すつもりが、口の中の総楊枝《ふさようじ》が邪魔になってうまく言えない。

総楊枝は大きめの爪楊枝の先端を総状《ふさじょう》にした歯磨き道具で、歯と歯の間に挟まった食べかすなどを取るにはかなり便利だった。

釣瓶《つるべ》で井戸水を汲みあげ、佐平太は口をすすいで顔を洗いはじめた。

「綾乃さん、千坊を連れて越前屋に行ってます」

「越前屋に？」

「お咲のことが心配だから様子を見てくるって」

そこへ、千太郎の手を引いて綾乃が戻ってきた。

「お帰りなさい」

と、卯之吉が母子を出迎えて、

「どうでした、お咲は戻ってました？」

「それがね、お咲ちゃん、越前屋さんにはしばらく戻らないみたいなの」

佐平太が顔を拭く手をとめた。

「お咲に何かあったんですか」

「きのう私たちと別れたあと、お咲ちゃんは遠縁のお宅に遊びに行ったんですって。ところが、帰り際に気分が悪くなって寝込んでしまったらしくて。幸い大したことはなかったんだけど、疲れがたまってるみたいだから四、五日うちで預かりたいって、昨夜遅く越前屋さんに知らせがあったそうなんです」

「その遠縁というのは？」

「なんでも、お咲ちゃんの父親の従兄弟《いとこ》だとか。そんな遠縁がいるとは聞いてなかったけど、柳橋《やなぎばし》で船宿をしてて身許も確かなんで、越前屋さんも安心してお咲ちゃんを預かって貰うことにしたと言ってました。無理してたから、お咲ちゃん、このひと月近く。これがいい骨休めになるといいんだけど」

　千太郎が綾乃を見上げて、

「お腹すいた」

「はいはい、朝ごはんにしましょうね。仕度はしてありますから、野蒜さんと卯之吉さんもどうぞ」

　綾乃と千太郎、卯之吉が母屋へ入っていった。

　佐平太は午後にも奉行所を抜け出して、お咲の様子を見に行くつもりだった。

　伊佐次が姿を消すように仕向け、お咲が落ち込む原因を作ったのは自分だといううしろめたさが、佐平太の頭から離れない。


　柳橋は神田川が隅田川に流れ込む手前に架かっている橋で、周囲には料理茶屋や貸席、船宿などが並んでいる。

　両国広小路の近くなので、昼間も人通りが多い。

　佐平太は北町を抜け出して、お咲が世話になっている遠縁の船宿を捜した。

　平右衛門町の一角に『つるのや』の軒行燈《あんどん》が出ている船宿があった。

　お咲の遠縁が鶴蔵《つるぞう》なので、船宿の屋号が『つるのや』らしい。

川岸に並ぶ十軒近い船宿の中でもかなり小さめな店構えなのは、宿泊設備はなく釣り船や遊山《ゆさん》のための屋形船などを手配する船宿だからだ。

この時期、船の物見遊山にはまだ少し早いし、釣り客も少ないためか『つるのや』の店先では三人の船頭が立ち話に花を咲かせていた。

「ちょっと、すまんがな」

佐平太は主人を呼んでほしいと頼んだ。

「八丁堀の旦那がおみえになってますぜ」

船頭の一人が船宿の中へ声をかけた。

江戸の町では黒羽織に着流しというだけで誰もが町方同心だと判るから、名乗る手間が省ける。

やがて、奥から白髪《しらが》頭の主人鶴蔵が出てきた。

お咲の父親が生きていれば四十代半ばらしいから、その従兄弟だという鶴蔵も実年齢は見かけほどではないのかもしれない。白髪は目立つが、どちらかというと小太りで、人のよさそうな男だった。

「どういうご用件でしょうか」

「お咲の知り合いなんだ。できればお咲に会いたいんだがな」

「あいにくですが、お咲は誰にも会いたくないと言ってまして」

「顔を見られれば、話はしなくていい。お咲が無事だと判れば、それでいいんだ」

「ですが」

「なんとか頼みをきいて貰えないか」

「判りました。ご案内します。こちらへどうぞ」

佐平太は草履を脱いで船宿に上がり、鶴蔵のあとに続いた。

裏手が船着場になっていて、屋形船が四艘、繋がれている。

「お咲はあちらにおります」

鶴蔵が一方の離れを指差した。

四畳半ほどの離れで、肩に半纏をかけたお咲が濡れ縁に出て、ぼんやり外を眺めている。部屋の中には、いつでも横になれるように夜具が敷かれてある。

「折角ですから、お咲にお会いになりますか」

「いや、顔を見るだけでいい。無理を言ってすまなかった」

お咲の無事な姿を確認したことを、真っ先に綾乃に知らせなくてはと思いながら、佐平太は『つるのや』をあとにして、柳橋に向かった。

橋を渡ろうとした時、

「おぬしに訊きたいことがある」

と、横合いから黒羽織姿の男が立ちふさがった。

背丈は佐平太より少し低い細身の男で、黒羽織を着ている公儀の役人は町方の他にも多いから、すぐには見分けがつかない。

「あの船宿には何をしに行った」

「そんなこと言う必要はないと思いますけど」

「役目柄訊いている」

「役目柄って、何の役目です？」

「私は火盗《かとう》改《あらた》め方《かた》与力、須崎《すざき》潤之進《じゅんのしん》だ」

戦時に将軍出陣の先鋒を務めるのが本来の役目である御先手組《おさきてぐみ》組頭の中から選ばれる火付盗賊改めは、市制や治安維持のために犯罪の防止と犯人の検挙・取調べをする町奉行所とは違い、火付、盗賊などの犯罪を減らすことが目的で設置された特別な役職で、その与力や同心には場合によって犯罪者を始末することも許されていた。

御先手組組頭の配下だった者がそのまま火盗改め方与力や同心になる。

同じ与力でも御先手組は番方（武官）で、役方（文官）の町方与力より身分は上だったから、町方同心などはなから見下しているのがありありだ。

「おぬし、町方同心のようだが」

「北町年番方預かり野蒜佐平太と言います」

「年番方預かり、な」

須崎が佐平太を睨《にら》み据えて言った。

「北町の、それも年番方預かりならば尚のこと、どんな事情があろうと今後あの船宿へ立ち入ることは許さん。周辺をうろつくこともだ」

「どうしてですか？」

「こちらの仕事に支障が出るからだ」

「そちらの仕事というと？」

「私は火盗改め方与力だと名乗った。火付盗賊を摘発・処断するのが仕事だ」

「あの船宿が火盗のたぐいと何かかかわりがあるんですか」

「船宿『つるのや』の主人鶴蔵は、盗賊団の頭目なのだ」

「何ですって――?!」

佐平太は驚きのあまり返す言葉もなくなってしまった。

神田川の岸辺の居酒屋の小窓の隙間から、対岸の『つるのや』の船着場が見えていた。

三

須崎はこの居酒屋へ佐平太を否応なく同行させて話を続けた。

「奴らは数年前から関東一円で大店ばかり狙って、押し込み強盗を重ねている。あの船宿は奴らの隠れ家、つまり盗人《ぬすっと》宿だ」

まだ昼間なので、他に客の姿はない。

「このところ鳴りをひそめているのは、この江戸の大店に次の狙いをつけているからに違いない」

「この江戸の大店にですか」

「残念ながら、その大店がどこかはまだ摑めていない。しかし、私の睨みに間違いはない。おぬしにこの話をするのは、おぬしの腹に納めておいて貰いたいからだ」

「ということは、他言するなと？」

「そうだ。北町の連中はむろん、誰にも一切他言無用だ」

「ですが」

「この件は私が独自に動くように命じられている。火盗改め方でも知る者は少ない。それだけ慎重の上にも慎重を期して探索にあたっているということだ。だから、町方に邪魔はされたくない」

火盗改め方と町奉行所はことあるごとに反目しあっていた。扱う犯罪にはっきりした相違点がなかったこともあって、かつては度々衝突しており、それを避けるために相手が先に着手した案件には互いに関知しないことが暗黙のうちに決まっていた。

「素人も同然のおぬしに下手に動かれては、これまでの苦労が水の泡にもなりかねない。だから、あの船宿には今後一切近づくな。よいな」

須崎は念を押して出て行った。

火盗改め方の探索にかかわるつもりなど佐平太にはない。だが、お咲の遠縁が盗賊団の頭目ということになると話は別だ。お咲は鶴蔵の正体を知らずに、親切な遠縁のおじさんだと信じて厄介になっているに違いない。

なんとかして『つるのや』からお咲を連れ戻さなければならない。それも、火盗改め方与力の須崎に知られずに、そして、あの鶴蔵にも感づかれずに。

お咲を連れ戻す方法をあれこれ考えたが、なかなかいい手が浮かばないまま佐平太は呉服橋の手前にさしかかった。

「旦那……野蒜の旦那……」

と、男の声がした。

佐平太は立ち止まって声がした方を振り返った。

一方の路地に伊佐次が立っていた。

「伊佐次……？」

佐平太は日本橋にある稲荷杜のひとつで伊佐次と向かい合った。

江戸の中でも商業地である日本橋界隈には稲荷杜が数多く、祠《ほこら》の陰なら人目につかずにすむ。

「二度とお咲ちゃんの前には現れないつもりだったんですが、近くに用があったもので、陰ながらお咲ちゃんの姿をひと目見たいと思って。でも、越前屋にお咲ちゃんの姿が見当たらなくて。お咲ちゃんに何かあったんでしょうか」

「お咲は遠縁の家で休養している」

「遠縁の家で？」

「場所は教えてやれない」

「判ってます。居場所がはっきりしてるならいいんです。そうですか、遠縁の家で休養してるんですか。それを聞いて安心しました。失礼します」

佐平太に頭を下げて、伊佐次は稲荷杜の外へ出て行った。

お咲の遠縁が盗賊団の頭目だと伊佐次に知らせるわけにはいかない。須崎に口止めされているし、耳に入れれば伊佐次はすぐにも『つるのや』からお咲を連れ出すに違いない。そんな危険なことはさせられない。

その夜遅く、佐平太は卯之吉を伴って柳橋に向かった。

「こんな夜更けに何しに行くんです」

「わけは訊かずに黙って手を貸してほしいと頼んだ筈だ」

「そうですけど、せめて何をするのかくらい聞かせてくれてもいいでしょう」

「お咲を連れ戻しに行く」

「けど、お咲は遠縁のところで休養してるんじゃねえんですか」

「向こうが寝静まるのを待って、気づかれないようにお咲を連れ出す」

「どうして、また、そんなことを?」

「どうしてもだ」

「一体どんなわけがあるんですよ。それを聞かせてくれるまで、あっしはここを一歩も動きませんぜ」

柳橋の上で卯之吉が仁王立ちになった。

だが、佐平太は背中を向けたまま一方を見ている。

「聞こえねえんですか、旦那。あっしはここを一歩も——」

「様子が変だな」

佐平太がぼそっと呟いた。

「何が変なんで？」

「お咲がいる船宿だ。灯りがすべて消えてる」

「みんな寝込んじまってるんじゃないんですか」

「消えてるのは灯りだけじゃない。船着場から船が一艘、消えてる」

月明かりにぼんやり見える『つるのや』の船着場には、昼間四艘あった屋形船が三艘しかない。

「夜釣りにゃまだちょっと早すぎますよね」

佐平太がいきなり『つるのや』の表へ駆け出した。

玄関の腰高を蹴り開けて店の中へとび込んだが、人の気配はない。

佐平太は離れへ走った。

夜具は敷きっ放しになっていたが、お咲の姿はなかった。

遅れてきた卯之吉と手分けして『つるのや』の内部を隅々まで捜したが、お咲の姿も鶴蔵と船頭たちの姿も忽然と消えていた。


火盗改め方には決まった役所はなく、火盗改めに任命された御先手組組頭の役宅を役所にしていた。

火盗改め役所から須崎が出てきて、築地本願寺《つきじほんがん》の裏手へ向かった。

そこでは佐平太が待っていた。至急の用件があると須崎を呼び出したのだ。

「一味が姿を消したのは、おそらく、おぬしのせいだ」

「俺のですか」

「そうだ。理由はどうあれ、北町の同心が現れたとなれば警戒して不思議はない。用心のために隠れ家を変えたのだ」

「連中の行く先に心当たりはありませんか」

「ないことはないが、町方のおぬしには教えられない。おぬしが動けば、一味はまた姿を消す」

「盗賊団に興味はないんです、昨日話したでしょう、お咲という娘が『つるのや』に身を寄せているって。そのお咲の居場所を知りたいだけです」

「鶴蔵の遠縁の娘だと言っていたな。もしかすると、そのお咲という娘も盗賊の一味かもしれんぞ」

「お咲はそんな娘じゃありません。鶴蔵の正体を知らずにあの船宿で休養してただけなんです」

「盗賊の一味だから一緒に姿を消したのだろう。ただ遠縁の娘というだけでは連れていかない筈だ、足手纏《まと》いになるだけだからな」

「ですから、お咲が一味の筈はないんです」

「いずれ白黒ははっきりする。一両日中には私が必ず奴らを検挙してみせる。それまでおとなしく待っていろ」

須崎はそう言って戻っていった。

佐平太は頭の中を整理した。

お咲は絶対に盗賊の一味ではない。それなのに、なぜか一味と共に消えた。

須崎の言う通りただ遠縁の娘というだけで、足手纏いになるお咲をどうして鶴蔵は連れ去ったのだろう。

もっと言えば、どうしてお咲を『つるのや』の離れで、休養させたのだろう。遠縁の娘を世話する善人を装うことで、周囲の住民に自分たちの素性《すじょう》を隠すためなのか。

だが、下手をすればお咲に素性を見破られる危険もあるし、駕籠《かご》を呼んで越前屋へお咲を送り届けることもできた筈なのに、なぜかわざわざ『つるのや』の離れをお咲に提供した。

佐平太は一連の事柄の裏に、何かが隠されている気がした。

それが何かまでは判らないものの、呉服橋の近くで伊佐次に声をかけられたことが佐平太の脳裏をよぎった。

あの時、伊佐次は、

「――近くに用があったもので、陰ながらお咲ちゃんの姿をひと目見たい――」

と、思って来てみたら越前屋にお咲の姿が見当たらなかったが、何かあったのかと佐平太に尋ねた。

お咲は遠縁の家で休養しているが場所は教えてやれない、と佐平太が言うと、

「判ってます。居場所がはっきりしてるならいいんです――」

伊佐次は安心して帰っていった。

佐平太はそう思っていた。

だが、伊佐次が安心して帰ったと思ったのは、間違いだったのかもしれないという気がしてきた。

伊佐次はお咲の顔をひと目見たかったのだから居場所が判って安心したのだろうと、佐平太は決め付けた。だが、伊佐次は本当にお咲の顔をひと目見たかっただけなのだろうか。

そうではなく、伊佐次が越前屋を覗いたのはお咲の無事を確かめるためだった可能性もある。何かの事情で、伊佐次はお咲の身に危険が迫っていると思ったのだ。そうだとしたら、お咲が遠縁のところにいるというだけでは安心などできない。

伊佐次が場所を訊かなかったのは、ひょっとして場所の察しがついていたからなのではないのか。

佐平太は浅草へ急いだ。

伊佐次が浅草奥山の左官屋に住み込みで働いていることは、一ヶ月前伊佐次が姿を消してすぐに調べておいた。

お咲の兄のことを耳に入れ、暗にお咲を諦めるように仕向けた佐平太には、その後の伊佐次を見守るくらいのことをする責任があると思ったからだ。

「伊助の奴、やりかけの仕事おっ放り出していなくなっちまったんですよ」

左官屋の棟梁は困惑顔で佐平太に言った。伊佐次はここでも伊助と名乗っていた。

「筋がいいんで楽しみにしてたんですが、とんだ期待外れでしたよ。妙な野郎が度々仕事場まで伊助に会いにきてたんで、ああいう手合いと付き合うのはやめるように注意したんですけどね」

「どんな男だ？」

「美濃吉とかいう遊び人で、伊助は幼なじみだと言ってましたけど、見るからに碌《ろく》な野郎じゃなさそうでしたよ。うちの職人が下谷《したや》広小路の矢場で見かけたことがあるとか言ってました」

下谷広小路の矢場には、昼間から界隈の遊び人が屯《たむろ》していた。

「あの人が美濃吉さんですけど」

矢場女が的めがけて矢を射ている美濃吉を指差した。

近づいてきた佐平太を見て、美濃吉が弓を引くのをやめ、

「参ったたな。八丁堀の旦那を煩《わずら》わせるような悪いことはやった覚えがありませんぜ」

「左官職人の伊助とは幼なじみだそうだな」

「ええ、奴の本名は伊助じゃなくて伊佐次ですけどね」

「その伊佐次が姿を消した」

「ご存知でしょうけど、奴は島帰りの素性を隠して生きていかなきゃならねえから、色々大変なんですよ」

「姿を消したのはそのせいだというのか」

「きっと周りの連中に素性がばれたんですよ」

「左官の棟梁は伊佐次が島帰りだとは知らないようだ」

「だったら、他の職人にばれそうになったんじゃないですかね」

「伊佐次の行き先に心当たりはないか」

「どうですかね。今度は俺がすぐ判るようなところにゃ行かねえと思いますよ」

美濃吉は弓の弦を引きはじめた。

「お前は伊佐次の仕事場にも何度か顔を出してたようだな」

「娑婆へ戻ってまだ半年にもなりませんからね、奴のことが心配で様子を見に行ってたんですよ」

「ずいぶんと友だち思いだな」

「なんてったって、伊佐次とは餓鬼の頃からの、ええと何て言ったっけ、そうそう、刎頸《ふんけい》の友ってやつですからね」

美濃吉の放った矢が的の真ん中に命中した。

「大当たりー！」

矢場女が桴《ばち》でどーんと太鼓を打った。


「どうでした？」

矢場を出てきた佐平太に、斜向《はす》かいの路地から卯之吉が駆け寄った。

「美濃吉は、たぶん、伊佐次の行き先を知っている」

「力ずくで吐かせますか」

「いや、どういう筋書きになっているのかはっきりするまで、迂闊《うかつ》に手は出せない。お前はこのまま美濃吉を見張ってくれ。伊佐次の居所が判るかもしれない」

「合点で」

卯之吉は元の路地に戻っていった。

『つるのや』の主人鶴蔵が盗賊の頭目だということは卯之吉に話した。火盗改め方与力須崎潤之進に口止めされてはいるが、鶴蔵一味と一緒にお咲が消えてしまった以上隠しておけない。

伊佐次が姿を消したのも、鶴蔵一味と一緒にお咲がいなくなったことと関係がある
に違いないことまでは察しがついている。
しかし、何が起きているのか、起きようとしているのか、今はまだ佐平太はその答
えをみつけられずにいた。

「野蒜さん、ちょっといいですか」

別棟の布団の中で深夜までまんじりともできずにいた佐平太は、外から聞こえた綾
乃の声に、

「は、はい、今開けます」

慌てて布団を二つに畳んで壁際に押しやり、玄関の閂をはずして戸を開けた。

綾乃が盆を手に立っていた。

「雨戸の隙間から灯りがもれていたので、まだ起きていらっしゃると思って。よかっ
たら、寝酒にこれを」

盆の上には銚子と猪口《ちょこ》、つまみの板わさと箸が載っていた。

「すいません。頂きます」

佐平太は盆を綾乃から受け取った。

「何か悩み事でもあるんじゃないですか」

「え……？」

「夕食の間、いつもと違って口数が少なかったし、すぐにこちらへ引き上げてしまったから、どうしたのか気になって」

綾乃に見透かされていた。お咲が身を寄せていた『つるのや』が盗人宿で、その盗賊一味と一緒にお咲が消えたことを綾乃には内緒にしていたが、打ち明ける頃合いだと佐平太は思った。

「実は、今まで綾乃さんには黙っていたんですが――」

と、言いかけた時、表の木戸から卯之吉が血相変えて駆け込んできた。

「卯之吉さん？」

「どうした？」

「美濃吉にまんまと逃げられちまいました。どうやら、あっしが張り付いてることに気づいていやがったみたいで」

「そうか、気づかれてたのなら、仕方ないな」

「ところで火盗改め方の与力は、確か須崎潤之進って旦那でしたよね」

「あの人がどうかしたのか」

「今夜、蔵前《くらまえ》の札差《ふださし》但馬《たじま》屋が押し込み強盗に入られて主人夫婦が殺されたらしいんですけどね、須崎って火盗改め方の旦那が一味を一網打尽《いちもうだじん》にしたみたいですよ」

「須崎さんが強盗一味を?」

佐平太は一網打尽にされた盗賊団は、あの鶴蔵一味に違いないと思った。


佐平太が蔵前へ駆けつけた時には、東の空が白みはじめていた。

押し込みに入られた蔵前片町の但馬屋の表では、武装した火盗改め方が集まってくる野次馬を追い払っている。

「北町の野蒜佐平太という者です。与力の須崎さんに取り次いで貰えませんか」

「用があるなら後にしろ。今はそれどころじゃない」

他の野次馬と同じように佐平太もけんもほろろに追い払われた。火盗改め全体が町方への敵愾心《てきがいしん》に満ち溢《あふ》れている。

戸板に乗せられた盗賊一味の死体が運び出されてきた。

思った通り死体は、『つるのや』の店先で会った船頭三人と鶴蔵だった。

四人とも一刀のもとに斬り殺されている。須崎は相当な手練《てだ》れのようだ。

但馬屋の中から、須崎が返り血の付いた黒羽織姿で出てきた。

「須崎さん」

佐平太が声をかけた。

須崎が佐平太を見て、一方へ目で促《うなが》した。

鳥越橋の袂《たもと》で足を止めると、須崎は佐平太を振り返った。

「うちの連中には町方同心と付き合うことを快《こころよ》く思わない者が多いのでな」

「お咲はどこに？」

「鶴蔵に確かめたが、お咲のことは何も言わなかった。ただ、伊佐次という男にまんまと一杯食わされたと言ってた」

「伊佐次に？　どういうことですか？」

「鶴蔵は但馬屋の土蔵の合鍵を伊佐次に作らせたんだ」

「土蔵の合鍵を伊佐次に？」

「但馬屋は以前土蔵の錠前を作り替えたのだが、伊佐次はその錠前職人の下で見習いをしてたから簡単に合鍵を作れた。ところが、但馬屋へ押し込んだ鶴蔵一味が合鍵を使って土蔵に忍び込んでみたら、ある筈の千両箱が消えていた。伊佐次がもうひとつ作った合鍵を使って、土蔵の中の千両箱を先に盗み出していたんだ」

「確かな証拠があるんですか」

「騙された鶴蔵が今際《いまわ》のきわに、はっきり私にそう言い残したんだ。これほど確かな証拠はない。伊佐次を見つけ出して検挙すればはっきりする。我々火盗改めに任せておけ」

と、須崎は但馬屋の方へ戻っていった。

佐平太にはすぐに頷ける話ではなかった。

伊佐次が土蔵の合鍵を作ったのが本当だとしても、それは、鶴蔵一味にお咲を押さえられて言いなりになるしかなかったと考えれば納得できる。だが、鶴蔵を騙して土蔵の中の金を奪ったというのが信じられない。

佐平太の知っている伊佐次はそんな男ではない筈だ。

そう思いながら、伊佐次のことをすべて知っているわけではないのに、そんなことをする男ではないと言い切るだけの自信はあるのかと自問していた。

とにかく、火盗改めより先に伊佐次を見つけ出さなければならない。いや、その前にお咲の行く先を突き止めなければと佐平太は思った。

最悪の場合、お咲はすでに殺されている可能性も否定できない。

佐平太は暗然とした気持ちで視線を泳がせた。

その視線が橋下の川面《かわも》に浮かんでいる一艘の屋形船に止まった。

『つるのや』の船着場に繋がれていた屋形船だ。

佐平太は川に飛び込み、屋形船に泳ぎつくと、障子戸を引き開けた。

屋形船の中には、後ろ手に縛られて猿轡《さるぐつわ》をされたお咲がぐったり横たわっていた。

「お咲！」

佐平太は猿轡をはずし、縄を解いた。

気は失っているが、お咲は間違いなく生きていた。

四

お咲が見つかったことは、須崎はむろん火盗改めには知らせなかった。

佐平太は屋形船で隅田川を下り、途中から水路を通って亀島《かめじま》橋の近くまで来て、お咲を背負って八丁堀の組屋敷に戻った。

屋形船の中でお咲は意識を取り戻したが、話ができるようになったのは八丁堀へ戻って四半刻（約三十分）少し経った時だった。

湯島天神から帰ってきたお咲は綾乃母子と別れて越前屋へ戻りかけたのだが、見知らぬ男に声をかけられた。

「お咲ちゃんだな」

「そうですけど」

「伊助に会いたくはねえかい」

伊助と同年代の男はいきなりそう言った。

お咲は一瞬迷ったものの、大きく頷いた。

男はお咲を『つるのや』に連れて行き、ここで待てば必ず伊助が会いにくると言った。そして、二、三日かかるかもしれないので、越前屋には具合が悪くなったので遠縁の船宿でしばらく休養すると伝えておくと言い残して立ち去った。

お咲は不安だったが、『つるのや』の主人も船頭たちも親切でやさしかったので、言われた通りそこで伊助を待つことにした。なんとしても伊助に会いたいという気持ちを抑えることができなかったのだ。

佐平太が様子を見にきたことは知らなかったが、その夜、鶴蔵が態度を急変させて、

「死にたくなきゃおとなしくするんだ」

と、お咲を殴《なぐ》りつけて縛《しば》り上げた。

『つるのや』の船着場から屋形船で運び出されたが、どこへ連れて行かれたのかは覚

えていない。殴られただけでなく、猿轡をかまされ、水も食べ物もほとんど与えられなかったから、いつの間にか気を失ってしまったのだ。

気がついたら、目の前に佐平太がいた。

「伊助さん、あの人たちとどんな関係があるんですか」

お咲が佐平太に訊いた。

「会いに来てくれると思った伊助さんは、結局会いにはきてくれなかったし、どういうことなのか、あたし、まるでわけが判らなくて」

綾乃が作ってくれたおかゆにも手をつけず、お咲は何度もため息をついて戸惑《とまど》っていた。

事件の顛末《てんまつ》をお咲にどう説明すればいいか、佐平太は迷っていた。

綾乃と卯之吉にはおおまかな話をしたが、あの伊助が押し込み強盗に手を貸して金を横取りしたなどとお咲には言えない。

事情がはっきりするまでお咲には黙っていてほしいと綾乃に言って、佐平太は卯之吉と組屋敷を出た。

「しかし、驚きましたね。押し込みを出し抜くなんて、伊佐次も大した玉ですぜ」

「はっきりそうだと決まったわけじゃない」

「けど、火盗改めの須崎って旦那が頭目の鶴蔵から聞いたんでしょう」

「須崎さんはそう言っている」

「だったら間違いねえですよ。動かぬ証拠ってやつでさ」

「それを確かめるためにも、火盗改め方より先にこっちが伊佐次を見つけ出すんだ」

「見つけ出すと言っても、どこをどう捜せばいいのか見当がつきませんよ」

「島送りになる前、伊佐次は色々な仕事の見習いをしていたようだ。その頃の知り合いに当たれば、伊佐次の立ち廻り先が何か判るかもしれない」

卯之吉と別れて、佐平太はまず下谷広小路へ向かった。

お咲に声をかけて『つるのや』へ連れて行った伊佐次と同年代の男は、あの美濃吉という遊び人ではないかという気がする。お咲に面通しさせればすぐ判ることなのだが、今はお咲を煩わせたくなかった。


「美濃吉さんなら、昨日から顔見せてませんけど」

下谷広小路の矢場女が開店前の店先で佐平太に言った。

「美濃吉がどこに住んでいるか判るかな」

「佐久間《さくま》町の長屋だって聞いてますけど」

外濠近くの外神田にある長屋を探しあてたが、美濃吉の姿はなかった。

隣家の内儀の話では、この三、四日美濃吉は長屋へ戻っては来ていないらしい。

「あの人、何かやらかしたんですね。そうじゃないかと思ったんですよ、急に金まわりがよくなるなんて変だもの」

「美濃吉はいつから金まわりがよくなったんだ?」

「今朝早く大家さんのとこにやってきて、溜まってたここの家賃を払った上に、向こう一年分の家賃をまとめて置いてったらしいんですよ。こんなおんぼろ長屋でも一年分の家賃となると結構な金額ですからね」

美濃吉が伊佐次を仲間に引きずり込んで、盗賊の頭目鶴蔵を騙して千両箱を横取りしたのなら、一年分の家賃くらい雑作《ぞうさ》もなく払える。

お咲の身柄を預かっていると脅されれば、伊佐次は合鍵作りを承諾せざるを得なくなった筈だ。張本人が美濃吉だと考えれば、これまでの経緯の辻褄《つじつま》が合う。

佐平太は須崎にそのことを話そうと思った。

伊佐次が脅されて合鍵を作らされたのなら、情状を認められ、うまくすれば罪には問われずにすむかもしれない。

そのためなら、須崎に頭を下げることも佐平太は厭《いと》わない。

佐平太は和泉《いずみ》橋を渡って、築地にある火盗改め方の役所へ急ごうとした。

柳の木が並ぶ柳原堤の一角に人だかりができており、

「若い男が死んでるそうだぞ」

「人殺しらしいぜ」

と、野次馬がまだ次々と集まってきている。

(若い男……!)

伊佐次の顔が佐平太の脳裏をよぎった。

思わず駆け出した佐平太だが、人だかりの手前で立ち止まった。

背の高い佐平太はあと二、三歩近づけば、人だかりの中の様子を背伸びなどせずに見ることができるのに、足が止まってしまった。

死体が苦手なこともあるが、殺された若い男が伊佐次かもしれないという思いが佐平太の足を止めさせたのだ。

佐平太は息をついて、気を落ち着かせた。

とにかく、死体を確かめなくてはならない。

腹を決めて、佐平太はおもむろに人だかりの背後に近づいた。

人だかりの向こうに、須崎たち火盗改め方の役人が周辺の遺留品などを探索しているのが見え、柳の根方には血が飛び散っていて、そばに死体が倒れている。

だが、死体には粗莚《あらむしろ》がかけられていて顔は判らない。

須崎が佐平太に気づいて、手をあげて招き寄せた。

佐平太は野次馬に道をあけて貰いながら、須崎に近づいた。

「仏を見るか」

須崎が佐平太に訊いた。

「構わなければ」

佐平太が答えると、須崎は死体の傍らに行って、粗莚をめくった。

死体は伊佐次ではなく、美濃吉だった。

正面から胸元を深々と刺されており、凶器はなかった。

「盗賊の一味と関わりのあった美濃吉という遊び人なんだが、伊佐次とは幼なじみだ。どうやら、ふたりはぐるになって但馬屋の金を横取りしたようだ」

「ぐるになって？」

須崎は話を続けた。

「お咲という娘が『つるのや』にいたと言っていたが、伊佐次に但馬屋の土蔵の合鍵を作らせるために、頭目の鶴蔵は脅しの道具としてお咲を誘拐《かどわか》したに違いない。伊佐次が合鍵を作れば、お咲は必要ではなくなる。だから、おぬしもお咲を見つけることができたんだ」

「ご存知だったんですか、俺がお咲をみつけたのを」

「それ位の調べはついてる。でなければ、火盗改めは勤まらない」

佐平太が訊いた。

「伊佐次と美濃吉はぐるになって但馬屋の金を横取りしたと言いましたね。確かな証拠があるんですか」

「確かな証拠というのが好きなやつだな」

と、須崎が呆《あき》れ顔で佐平太を見て、

「この通り、美濃吉が仏になっているのが何よりの証拠だ。美濃吉を殺せるのは、伊佐次しかいない」

「伊佐次の仕業だと仰《おつしや》るんですか」

「間違いない。合鍵を作った伊佐次は美濃吉に、鶴蔵を出し抜いて金を横取りすることを持ちかけ、まんまと成功した。そして、口封じのために美濃吉を消したんだ。島帰りの人殺しならそれ位のことはやりかねん」

佐平太は反論できなかった。

現に伊佐次は但馬屋の土蔵にあった千両と共に姿を消している。須崎の推量を覆す材料は皆無に等しい。

「おそらく、伊佐次は江戸を離れただろう。だが、私は諦めない。許可を貰って、伊佐次捜しの旅に出る。たとえ地の果てだろうと伊佐次を捜し出し、この手で必ず捕らえてみせる、必ずな」

須崎は憤怒《ふんぬ》の色でそう言った。

美濃吉の死体を火盗改め方が運び去り、野次馬も三々五々散った柳原堤に、佐平太はひとり佇立《ちょりつ》していた。

このことをお咲にどう伝えればいいのか、佐平太は困惑していた。

伊佐次を信じたかったが、ここまで証拠が出揃っていては庇《かば》いようがない。

伊佐次はすでに江戸を離れていると須崎は言った。必ず伊佐次を捜し出してみせるとも言っていたが、江戸から姿を消した伊佐次を見つけることなど不可能な話で、単に須崎の強がりにすぎない。火盗改め方与力として格好をつけたのだろう、と佐平太は思った。

その夜更け——。

静まり返った明石《あかし》町の川岸に一艘の小船が繋がれている。

近くにある廃屋同然の舟小屋から、旅姿の侍が行李を引きずりながら運び出してきて小船に積み込んだ。

手の甲で汗を拭った旅姿の侍は、須崎だ。

「千両ともなると運ぶのはひと苦労だ」

と、闇の向こうから声がした。

須崎が屹《き》っと見た。

着流し姿の佐平太が姿を現した。

「江戸を離れるのは、伊佐次じゃなくて、やっぱりあんたの方だったな。何もかも伊佐次に罪を被《かぶ》せ、その千両と一緒に」

「おぬし……！」

須崎が口許をひきつらせた。

「途中で伊佐次を海に捨てれば、あんたの悪事の証拠はすべて闇に葬れるつもりだったんだろうが、あいにく、目に見えない証拠がいくつも残っていることに気づかなかったようだ」

「目に見えない証拠だと」

「すべての筋書きを書いたのは、あんただという証拠だよ。火盗改めの連中が但馬屋へ駆けつけた時、鶴蔵の一味はすでにあんたに斬り殺されていたし、但馬屋の主人夫婦と手代も殺されていた」

「私が但馬屋に入った時には、三人とも死んでいた。殺したのは鶴蔵たちだ」

「俺もそう思っていた。しかし、そんな手荒な押し込み強盗を働くのなら、合鍵など必要ない。合鍵は気づかれずに土蔵の中の金を盗み出すためのものだ。つまり、最初から合鍵などなかった。伊佐次は合鍵をつくらせるためじゃなく、すべての罪を着せるために必要だったんだ」

須崎がいっそう口許を歪《ゆが》めた。

「鶴蔵一味が来る前に但馬屋の主人夫婦と手代を殺して鍵を奪い土蔵の金を運び出したんだ、あんたと美濃吉でな。何よりの証拠は、あの舟小屋だ」

と、佐平太は朽ちかけた舟小屋を指さし、

「あの舟小屋は四、五日前遊び人風の若い男が借りたそうだ。あんたに言われて美濃吉が借りたんだろう。滅多に人も近づかないし、金と伊佐次の隠し場所にはもってこいだ。だが、美濃吉が盗んだ金に手をつけたことを知って、あんたは美濃吉を生かしておいては面倒なことになると考えて始末した。伊佐次の仕業ということにすれば火盗改めの連中も誤魔化せると踏んでな」

須崎の顔に冷笑が浮かんだ。

「北町では役立たずの独活《うど》の大木だと揶揄《やゆ》されているのも道理だ。目に見えない証拠は証拠でもなんでもない。ただのたわ言だ」

須崎の手が腰の大刀をぎらりと抜いた。

いい加減な町道場で直心陰流免許皆伝を貰っただけの佐平太にも、須崎が相当な使い手だということが判る。

「貴様が言った通り、伊佐次は途中で海に沈めるつもりだったが、ここで貴様と斬り合いの末に死んだことにすれば手間が省ける。むろん、貴様にも死んで貰う。北町年番方預かりの同心には勿体《もったい》ない死に場所だ」

須崎は真一文字に佐平太めがけて斬りつけてきた。

佐平太はいきなり身を躍らせて、小船に飛び降りた。

須崎も佐平太を追って小船に飛び移った。

「逃げ場はない。諦めろ」

須崎は勝ち誇って佐平太に迫った。

突然、佐平太は両手で舷《ふなべり》を摑んで船を大きく揺らしはじめた。

須崎も左手をへりに伸ばしてよろけそうになるのを必死で堪《こら》えた。

しかし、大刀を握っている右手はへりを摑めないから、堪え切れずに船の外へ投げ出された。

「助けて、助けてくれー！」

須崎は必死でばたばたもがいている。

剣術の腕は一級品の須崎だが、水練はからきし駄目なかなづちだという話を佐平太は火盗改めの一人から聞いていた。

このまま放っておけば悪党に相応《ふさわ》しい末路が待っていると思ったものの、そこまで非情にはなりきれないのが佐平太だった。

佐平太は水中の須崎に、

「これに摑まれ」

と、櫂《かい》の先にしがみつかせて小船の上に引き上げた。

げーげー水を吐いて激しく咳き込みながら、須崎は殊勝な顔で言った。

「すまん。お陰で助かった。この通りだ」

と、頭を下げた。

次の瞬間、右手に握り締めていた大刀が閃《ひらめ》いた。

佐平太めがけて薙《な》ぎ上げたのだ。

だが、一瞬早く、佐平太の手で櫂がうなりをあげていた。

櫂は大刀を撥ね上げただけでなく、須崎の首筋を鋭く一撃していた。

「うぐっ?!」

呻《うめ》き声をあげて、須崎の躰が再び宙に飛び、川の中に水しぶきをあげて転落した。

川面に波紋が広がり、最初はいくつかぶくぶくと噴き上げていた水泡の勢いがなくなって静寂に包まれた。

やがて、苦悶《くもん》の表情で両目を見開いた須崎の死体が川面に浮かんできた。

舟小屋の中では、伊佐次が声を出せないように口に布切れを押し込まれ、目隠しをされて柱にくくりつけられていた。

人が入ってくる足音に、伊佐次は怯《おび》え、殺されると観念した。

だが、縄が解かれ、口の中から布切れがはずされた。

何が起こったのか、伊佐次には見当がつかなかった。

伊佐次は自分で目隠しを取って、舟小屋の外に出た。

川岸に小船はなく、東の空がうっすら白みはじめていた。


日本橋の高札場には野次馬が群がっていた。

背中に「見懲らし」の紙が貼られた須崎の死体と千両箱が置かれ、高札の文面には火盗改め方与力の立場を利用し、強盗一味を騙して大金を横取りした須崎の悪辣《あくらつ》な罪状が書き連ねられていた。

その文面に、善良な若者が濡れ衣《ぎぬ》を着せられかけたというくだりはあったが、伊佐次の名はなかった。


鍛冶町の稲荷杜で、伊佐次とお咲が会っていた。

自分の口からお咲に本当のことを話したいと、伊佐次に頼まれて佐平太がここで二人が会う段取りをつけた。

その結果、お咲との仲がたとえ取り返しのつかない状態になったとしても、伊佐次はそれを受け止めて生きていく覚悟なのだ。

佐平太は木立の陰から二人の様子を見守った。

お咲がみるみる蒼ざめて後ずさった。

やむを得ない状況だったとはいえ実の兄を殺したのが伊助と名乗っていた伊佐次だと告白されたのだから、お咲が驚愕《きょうがく》するのも無理はない。おそらくお咲がこの場から身を翻し、二人の仲はこれで本当に終わってしまうだろう。

そう思った佐平太だが、お咲は立ち去らずに背中を向けてはいるが、伊佐次の話を聞いている。

それればかりか、お咲は振り返って、土下座をして六年前のことを謝罪している伊佐次に歩み寄り、そして、手を伸ばして立ち上がらせた。

二人は許されない仲なのだと決め付けていた自分が間違っていたのかもしれないと、佐平太は思った。

この先どうなるかは判らないが、許されるかどうかを決めるのは周囲の者ではなく、あの二人なのだ。

佐平太は、二人を残して、そっと稲荷杜を離れた。

第三話　絆《きずな》

一

「うっ！」「痛たたっ！」「ひーっ！」

奥の部屋からは、情けない悲鳴や呻《うめ》き声が聞こえてくる。

次の間で順番を待っている患者は、その度に自分のことのようにびくつき、躰《からだ》を硬くしている。

ここは本八丁堀五丁目にある歯の診療所で、入り口には『只今診療中』の木札が出ている。

正式には口中医だが、庶民の多くは歯医者の先生と呼んでいた。

虫歯の治療や抜歯をして貰うわけだし、庶民の多くは字が読めないか読めてもひらがなだけなので、口中医などというしち面倒くさい呼び名より歯医者の方が判りが早かった。

待っている患者の中に、野蒜佐平太の顔があった。

虫歯がひどくなって慌《あわ》てて歯医者にとび込んできた患者ばかりだから、全員が頬《ほお》を腫《は》らせて苦悶の表情をしている。

佐平太も顔の左下が腫れている。

六尺近い大男の佐平太は他の患者より腫れ具合が目立ち、倍近く顔が膨れているように見える。

治療を終えた町人の患者が、目にうっすら涙を浮かべて出てきた。

「お大事に」

奥の部屋から患者を送って出てきた白い外衣《うわっぱり》姿の貴美代《きみよ》が、

「次の方、どうぞ」

と、声をかけた。

貴美代は口中医兼坂英輔《かねさかえいすけ》の妻で、細身の全身に武家育ちをうかがわせる気品が漂《ただよ》い、四十歳近い実年齢よりはるかに若く見える。

気がつくと他の患者たちが一斉に自分をみていることに、佐平太は気づいた。

「俺、ですか？」

佐平太が尋ねると、貴美代が微笑で頷《うなず》いた。

「どうぞ、奥へ入ってください」

「は、はい」

もっと後廻しにしてくれて構わないのにと思いながら、佐平太は立ち上がって奥へ入った。

長めの床几《しょうぎ》の上に茣蓙《ござ》が敷かれ、箱枕がひとつ置かれてある。

枕元近くに塗り薬などと一緒に、小型の鑢《やすり》や錐《きり》、木槌《きづち》といったとても歯の治療道具とは思えない物が並べられている。

「ここに上を向いて寝てください」

貴美代に言われ、佐平太は仰向けに寝た。

「口を開けて」

佐平太の顔の上から、白い外衣を着た鬼瓦《おにがわら》みたいな巨漢の男が言った。

口中医の兼坂英輔で、背丈は佐平太より低いが、横幅は倍近い。貴美代の三倍以上はありそうだ。

不釣合いな夫婦だと思いながら、佐平太は痛いのを堪《こら》えて口を開けた。

「もっと大きく開けて」

佐平太は更に開けた。

「もっと大きく、あーんと」

「あーん」

佐平太は声を出して、これ以上はできないくらい最大に口を開けた。

「まさしく虫嚙《か》め歯だ。それも、相当やられて、もはや手遅れだ。こりゃ抜かんと駄目だな」

天眼鏡で佐平太の口の中を覗《のぞ》いた兼坂がこともなげに言った。

虫嚙め歯は虫に嚙まれた歯、つまり虫歯のことだ。

佐平太が困惑げに兼坂を見た。

「嫌なら無理に抜けとは言わない。言わないが――」

と、兼坂が続けた。

「このまま放っておけば、痛みはいっそうひどくなり、周りの歯も虫嚙め歯になって、やがては全部の歯がぼろぼろになって使い物にならなくなる。奥歯は一本くらい無くなっても、日常の暮らしにさして支障はない。にもかかわらず、その奥歯一本を惜《お》しんで、最後はすべての歯を失い、歯抜けになりたいということだな」

「歯抜けに？」

「間違いなく、いずれそうなる」

「や、やっぱり、抜いて貰えますか」

佐平太は慌てて懇願《こんがん》した。

「言っておくが、本当は腫れが引いてから抜く方が本人の負担は少ない。女子供、年寄りは腫れが引くのを待つんだが、男の場合は三、四日痛みが残っても我慢できるだろうから、腫れていても抜くことにしている」

「それは、ちょっと――」

困りますと佐平太は言うつもりだったのだが、

「口を大きく開けて」

「あーん」

と、再び口を大開きにしたから言葉にならず、再び、

「ううっ!」

はげしい痛みに襲われた。

木槌を手にした兼坂が、いきなり、佐平太の虫歯に細い錐を打ち込んで穴を開けはじめたのだ。

黙っているだけでも痛いのに、そんなことをされる激痛は言葉に言い表せない。

開いた穴に絹糸を通して、虫歯をぐるぐる巻きにすると、

「ちょっと痛いが、辛抱して貰う」

兼坂は虫歯を絹糸で引っ張りはじめた。

絹糸は何本かを一本にまとめれば三味線《しやみせん》の弦にもなる強靭《きようじん》さがあり、抜歯にも利

用されていた。

「ううう っ!」

両手で床几の縁を摑《つか》んで、佐平太は抜歯の激烈な痛みに耐えた。

「はい、抜けた」

兼坂口中医が抜歯した奥歯を佐平太に見せた。

歯の根元が黒ずんで、まさしく虫噛め歯になっていて、抜くしかないという診《み》立て通りの虫歯だった。

「痛みがひどいようでしたら、このお薬を呑んでください」

帰りがけに、貴美代が薬袋を手渡した。

「すいません」

佐平太が薬袋を受け取った時、

「塩も渡してあげなさい」

と、奥の部屋で患者を治療中だった兼坂が顔を出して、

「薬は誰にでも効くとはかぎらないが、塩は痛みがひどくなったら塩水にしてうがいをし、それでも駄目なら、直接傷口にその塩を塗り込めば、あまりの辛《から》さとしょっぱさで、しばしの間は痛みを忘れられる。ただし、塗りすぎにはくれぐれも用心するこ

と。その大きな図体で泣き喚かれては、近所中が迷惑する」

にやりと佐平太に笑いかけて、奥へ引っ込んだ。

「お塩です」

貴美代が塩の入った紙袋を佐平太に渡しながら申し訳なさそうに、

「ごめんなさい、主人はずけずけものを言う人なので」

「大丈夫です、気にしてませんから」

佐平太はそう言って表へ出た。

だが、表戸を閉めたとたん無性に腹が立った。人が必死で痛みと闘っているというのに、歯医者のくせにずけずけ言い過ぎだ。

「うう……！」

腹が立つと、痛みがますますひどくなる。

佐平太は気持ちを抑えながら静かに歩き出した。

歩く振動で痛みが増さないように、恐る恐るという感じで細心の注意を払った。

このまま組屋敷へ戻るか、北町奉行所へ行くかはまだ決めかねていた。歯医者へ行くので午前中は奉行所を休むことは卯之吉に頼んで言伝《ことづて》して貰ったが、昼からは出るつもりだったのだ。

路地を出た辺りで、突然、誰かと衝突しそうになってよろけた。

「馬鹿野郎！　どこに目つけて──」

相手は遊び人風の男で、右頰の傷跡をひきつらせて怒鳴りかけたが、佐平太の黒羽織を見て、

「こいつはとんだご無礼を」

と、慌てて通り過ぎていった。

男はそのまま兼坂口中医の診療所の中へ入っていった。

あの男も歯痛で滅入《めい》って気持ちがむしゃくしゃしているのだろうと思いながら、佐平太はゆっくりゆっくり組屋敷へ向かった。

この状態で北町奉行所へ出ても仕方がない。年番方預かりの身ではどの道これといった仕事があるわけではないし、歯痛に悩まされながら用部屋の隅っこでただ座っているのはとても耐えられそうもなかった。

別棟の雨戸を開けると、朝の陽光がどっと入ってきた。

昨日組屋敷へ戻ったあと、佐平太は昼食も夕食もとらずにひたすら塩水でうがいを繰り返し、痛みが激しくなると、言われた通り直接傷口に塩を塗り込んだ。確かに辛

さとしょっぱさに瞬時は傷口の痛みを忘れられた。

最初は半信半疑だったが、明け方近くなって顔の腫れが小さくなっている気がしたし、痛みもずいぶん楽になっていた。

夜が明けたら井戸端へ行って、井戸水を鏡代わりにして顔の腫れ具合を確かめてみるつもりだったのだ。

母屋から綾乃が出てきて、

「ずいぶん腫れが引きましたよ」

と、佐平太の顔を見上げながら言った。

この分なら奉行所にも出勤できそうだと、佐平太は胸をなでおろした。

「痛みの方はどうです」

「だいぶ楽になりました」

「やっぱり兼坂先生は名医だわ。野蒜さんもそう思うでしょう」

本八丁堀に評判の口中医がいると教えてくれたのは、綾乃だった。

「名医は名医ですが、ちょっと」

「患者さんにずけずけものを言いすぎる、でしょう」

「ええ」

「でも、本当は優しい人なんだと思います。子供に好かれていますし」

「子供に？」

「千太郎の歯を診て貰いにはじめて伺《うかが》った時、半べそだった千太郎が治療が終わったらすっかり機嫌が直ってましたし、嫌がって大泣きしていた他の子供たちも、帰る頃には声を出して笑うようになっていて。優しい人かどうか、子供にはすぐ判るって言うでしょう」

「そう言いますね」

「見かけと違って本当は優しい人だから、あの奥さんも長年連れ添っておいでなんだと思いますよ」

　確かに外見は不釣合いな夫婦だった。どうしてあの奥さんがよりにもよってあんな鬼瓦みたいな男の女房にと、誰もが一度は不思議に思うに違いない。正直な話、佐平太も最初はそう思った。

　綾乃の言う通り、あの奥さんは誰よりも夫の優しさを判っているということなのかもしれない。

「お腹すいたでしょう。昨日から何も食べてないんですものね。すぐ朝ごはんの支度しますね」

そこへ、欠伸《あくび》混じりで卯之吉が帰ってきた。

「お帰りなさい」

と、綾乃が見迎えて、

「朝帰りなんて、卯之吉さんも隅におけないこと」

「そんなんじゃねえんですよ」

「いいのよ、言い訳は。卯之吉さんは独り身なんだから、どこで何をしようと構わないんだもの」

と、悪戯《いたずら》っぽく笑いながら母屋へ戻って行った。

「そんなんじゃねえのに」

「言い訳はいいって言ってるじゃないか、綾乃さんも」

「だから、言い訳じゃなくて、昨夜は木彫りの師匠のとこで急ぎの徹夜仕事だったんですよ」

「なんだ、そうなのか」

「田崎の旦那が亡くなってこっち、自慢じゃねえけど、あっしは固く身を慎んでるんですからね」

卯之吉が固く身を慎んでいるのは、綾乃へ操《みさお》をたてているからなのだ。

本当は木彫り職人の仕事をしながら綾乃母子の面倒を見るつもりだったのだが、佐平太の出現で計画はおじゃんになった。

佐平太さえ現れなければ、今頃は綾乃母子と三人で楽しく暮らしていたかもしれないのにと、内心は佐平太を少し恨んでいる。

しかし、佐平太はその卯之吉の気持ちにはまるで気がついていないらしい。

そういう茫洋《ぼうよう》として、細かいことには無頓着な佐平太が、卯之吉は嫌いではなかった。佐平太と一緒にいるだけで、なぜか、心が和む。持って生まれた佐平太の人柄が周りの人間をそうさせるのかもしれない、と卯之吉は思っている。

「昨日と違って顔がすっきりしてますよ」

「綾乃さんが言ってた通り、あの歯医者はやっぱり名医みたいだ」

「確か本八丁堀五丁目でしたよね、その歯医者」

「ああ。お前も虫歯があるのか」

「そうじゃなくて、その歯医者の近くで人が殺されたみたいなんですよ」

「人が殺された？」

「場所は橋を渡った鉄砲洲《てっぽうず》の波《なみ》よけ稲荷《いなり》のそばなんですけどね、朝っぱらから人だかりができてるんで、何事かと思って覗いてみたら血まみれの死体が目に入って。おおかた物盗《と》りの仕業か何かだろうとは思いますけど、殺されたのは顔に傷のある遊び人みたいでしたよ」

「顔に傷が？」

「ええ、ここんとこにでっけえ傷跡が」

と、卯之吉が自分の右頰を指さした。

佐平太の脳裏に、きのう衝突しかかった右頰に傷のある遊び人の顔がよぎった。

築地鉄砲洲にある通称波よけ稲荷は、海に近いことから嵐などの天災忌避を祈願して建てられた神社である。

佐平太が行ってみると、波よけ稲荷神社の近くにはまだ人だかりがしていた。

人だかりの中では、北町の定町廻り同心と下っ引き数人が周辺を調べており、死体には粗筵《あらむしろ》が雑に掛けられていた。

粗筵から覗いている死体は、右頰に傷跡のある男に間違いなかった。

佐平太の視線が一方にとまった。

人だかりの中に、蒼《あお》ざめた貴美代の姿があったのだ。

貴美代はじっと死体に目を凝らしたまま立ち尽くしている。きのう男が診療所に入っていったのを、佐平太は見ている。

男は患者だったに違いないのだから、貴美代とは当然顔見知りの筈だ。町方役人に被害者とは知り合いだと申告していい筈なのに、貴美代は蒼白で死体を凝視したまま動かない。

その貴美代の背後に、険しい表情の兼坂の巨体が近づいた。

貴美代が驚いたように夫を振り返った。

夫婦は短い会話を交わした。何を話しているのかは判らない。

次の瞬間、兼坂は貴美代の腕を摑んで強引に連れ戻していった。

本当は優しい人なのだという綾乃の言葉とは、あまりにも違いすぎる乱暴なやり方だった。

佐平太は妙にひっかかった。

二

「野蒜佐平太、ですか」

北町の年番方同心小川が若い与力友部の前で畏《かしこ》まっていた。

「午前中はいたようだが、午後は姿を見かけていない」

「本日は早退させました」

「早退?」

「はい。口中医の診察を受けたいと申しましたので」

「昨日は抜歯のために一日休みを取ったが、今日は全快したのではなかったのか」

「本人もそう言っていたのですが、また痛みがひどくなったようでして。昨日の今日ですから、用心のためと思いまして」

「顔の腫れもほとんど引いているように見えたが」

「腫れは引いても痛みはぶり返すようです、特に歯を抜いたあとは」

「だから、あの男の話を真《ま》に受けたわけか」

友部が机上の書類に目を戻して続けた。

「信じやすい人間は、簡単に騙《だま》される」

「野蒜佐平太が私を騙したと仰《おっしゃ》るのですか」

「そうは言ってない。だが、騙されていないとも言い切れまい」

「そ、それは」

「あの男が本当に口中医のもとへ行ったかどうか、それをきちんと確かめる位のことをしなければ、甘く見られ嘗《な》められることになる。小川さんが嘗められるということは、この私が嘗められるということでもあるんです。そんなふざけたことは断じて許せない」

冷静な口振りだが、友部の眉間には青筋がくっきりと浮かんでいた。

「傷口が完全に塞《ふさ》がるまで、少しは痛みが残るのは仕方がない。これ以上の手当ては、やるだけ無駄だ」

天眼鏡で佐平太の口の中を覗いた兼坂が言った。

「あとは塩水のうがいを続けることだ。もう一袋塩を持っていきなさい」

佐平太は診察台用の床几から身を起こし、貴美代が待っている受付に行った。

「お塩です」

貴美代が塩入りの紙袋を差し出した。

「どうも」

と、受け取りながら、佐平太が小声で尋ねた。

「今朝方波よけ稲荷の近くで殺された男は、ご存知の男ですか」

貴美代が驚いたように佐平太を見た。

奥の部屋で次の患者を診ている兼坂に聞こえないように、佐平太は尚も小声で、

「昨日あの男がこちらへ入っていくのを見ました。こちらの患者じゃないんですか」

貴美代は慌ててかぶりを振った。

「違います、患者さんじゃありません」

「患者じゃないなら、どういう関係なんですか」

貴美代は答えに窮《きゅう》して視線を泳がせた。

その時、

「すいません、お願いします」

中年女が老人を支えながら入ってきた。

「うちのおじいちゃん、一昨日から入れ歯の具合がよくなくて物が食べられないんです。何とかして貰えないでしょうか」

老人も必死に訴えようとして口を動かしているのだが、総入れ歯が飛び出しそうで言葉にならない。

兼坂が出てきて、

「どれどれ、診せてみなさい」

と、老人の口の中の情況を見ると、はずした入れ歯を手に奥の部屋に戻って行っ

た。

「ちょっと手伝ってくれ」

「はい」

兼坂に呼ばれて、貴美代も奥の部屋に入っていった。

二人が何をしているのか、佐平太には見えなかったし、想像もつかなかった。ただ、水音がしているので入れ歯を洗っているらしいことだけ判った。

やがて、兼坂が入れ歯を手に戻ってきた。

「これを嵌《は》めてみなさい」

老人は渡された上下の入れ歯を口の中へ戻した。

「どうかな、具合は」

老人は戸惑い顔で兼坂を見た。

「さっきまでと違って話ができる筈だが」

老人は躊躇《ためら》い気味に、

「話なんかできっこ――」

と、口を動かして吃驚《びっくり》した。

中年女も驚いて、

「おじいちゃん、ちゃんと喋れるようになったじゃないの。よかったね」

「物も食べられそうだよ」

老人は嬉しそうに笑った。

「ありがとうございました。助かりました」

と、中年女が兼坂に何度も頭を下げ、

「でも先生、どこをどう直してくれたんですか？」

「別にどこも直してない。ちょっと細工をしただけだ。入れ歯を外してみなさい」

言われた老人が口の中から入れ歯を外そうとするが、前のように簡単には外れず、両手で力を入れてかぽっと外した。

外した上下の入れ歯には紙が貼られてあった。

「ここに濡らした紙を貼っておけば、ぴたっと吸い付いて入れ歯が動かなくなるから煎餅《せんべい》も齧《かじ》れるようになる」

木の繊維で出来ている紙を濡らして使うことで、入れ歯と口腔の上下顎との接着剤代わりにしているのだ。

中年女と老人だけでなく、他の患者たちも集まってきて、兼坂の話を感心して聞いていた。

ただ、貴美代だけは、佐平太を意識して、硬い表情を崩さなかった。

佐平太は診療所を出てきた。

貴美代とはあれ以上話はできなかった。

夫の兼坂がそばにいる限り、貴美代から本当の話を聞き出すことはできないという気がする。

貴美代がひとりになる時を卯之吉に調べさせてみようと、組屋敷へ戻りかけた佐平太の足が止まった。

横手の路地から、ひとりの男が診療所の内部を窺《うかが》っていた。

四十歳がらみの男で、目つきの鋭さはただの町人のものではなかった。

佐平太は男に近づいていった。

男は佐平太に気づいて、その場から立ち去ろうとした。

佐平太が行く手に立ち塞がった。

「ここで何をしている」

男は黙って佐平太を見上げた。

「ここで何をしているのか、訊いているんだ」

男はじりじりと後退《あとずさ》り、いきなり身を翻《ひるがえ》そうとした。

佐平太が腕を摑んで引き戻した。

逃れようと激しく抵抗した男の懐《ふところ》から、十手《じって》がこぼれ落ちた。

佐平太は少し驚いた。

「十手者か。定町廻りの下で働いているんだろうが、北と南、どっちの定町廻りだ」

佐平太は十手を拾い上げて男に返そうとして、十手の柄近くに刻まれている家紋に気づいた。

「上がり藤に大の字。これは、確か――」

男が観念したように答えた。

「小田原《おだわら》藩のご家紋ですよ」

相州小田原藩は代々大久保《おおくぼ》家が藩主をつとめる十万石を超える譜代大名だった。

「あっしは、小田原の町で御用を務めてる利助《りすけ》って者で」

「小田原の十手者が、どうしてこの江戸で、しかも、あの診療所を見張っているんだ」

「旦那のお名前をお聞かせください」

「北町奉行所同心野蒜佐平太だ」

「北町の野蒜さまですか」

「堀端なんかに生えているのびるの野蒜だよ」

「これには一口じゃお話しできねえ理由《わけ》がありやして。実は、口中医をやってる兼坂英輔には――」

急に利助が口を閉ざした。

一方から、佐平太に手を上げながら小川が近づいてきた。

「話は近いうちに改めて」

利助はその場から足早に立ち去っていった。

「誰だ、知り合いか」

「患者仲間です」

佐平太は咄嗟《とっさ》に嘘を言った。

「おぬしは口中医の診察を受けたのだろうな」

「今しがた終わったところです。今日一日休めば完全に痛みも消え、明日からは平常どおり奉行所勤めができると太鼓判を押されました」

「そうかそうか。それが判れば、友部様にも胸を張って報告ができる」

「友部様が何か仰ったんですか」

「おぬしに甘く見られるなときつく言われた」

「俺は小川さんを甘くなんか見てませんよ」

「友部様は自分が甘く見られ、嘗められているのではないかと疑心暗鬼になっておられるのだ。おぬしの噂《うわさ》を面白おかしく話のたねにする輩《やから》が奉行所内には少なくない。それが友部様の耳にも入っているのだ。おぬしも気をつけることだ」

説教癖はいささか閉口するものの、奉行所の中では小川が緩衝《かんしょう》材になって守ってくれていることは佐平太も判っているし、感謝もしている。

「ちょっと寄っていくかな」

「そうですね、小川さんのお宅は奉行所へ戻る通り道ですからね」

「おぬしの組屋敷に寄ると言っているんだ」

「うちにですか？」

「まずいのか」

「いえ、そういうわけではないんですが」

「北町へ来てかれこれ半年になるというのに、おぬしの組屋敷をまだ一度も訪れていない。なあに、特別なもてなしはいらん。茶を一杯所望するだけだ」

「粗茶でございます」

綾乃が小川の前に茶菓を出した。

「突然お邪魔して申し訳ない。馳走《ちそう》になる」

綾乃が黙礼して、別棟から母屋へ戻っていった。

呑みかけの茶碗を置いて、小川が声をひそめた。

「おぬしがここに住んで、田崎千之助の妻子が向こうの母屋で暮らしているとは知らなかったな」

「俺は居候《いそうろう》みたいなものですから。母屋には田崎さんに仕えていた卯之吉という小者もそのまま住んでいます」

「で、どうなっている」

「どうって、何がです」

「あの綾乃殿とおぬしの関係はどうなっていると訊いているんだ」

「どうもなってませんよ」

「そんなことはないだろう。おぬしは独り者、むこうは夫に先立たれた女ざかりの寡《か》婦《ふ》、一つ屋根、ではないが一つ敷地の中で暮らしているのだ。どうにかならないわけがない」

「ありますよ、どうにもなっていないことも」

「本当にどうもなっておらんのか」

「ええ、なってません」

「だらしのない男だな。私がおぬしだったら、とっくにどうにかなっているぞ」

「いいんですか、そんなこと言って。小川さんのところは奥さんの方がかなり強いって聞いてますよ」

「そ、そんなことはない。うちは亭主関白だ。嬶《かかあ》天下ではない」

そう言いながら小川は茶に噎《む》せ、

「明日からは定刻どおり出勤すると友部様に報告する。決して遅刻せんようにな」

佐平太に念を押して帰っていった。

表木戸まで送り出して、佐平太は別棟に戻ろうとした。

「旦那、野蒜の旦那」

背後から呼ばれて、佐平太が振り返った。

木戸口に利助が立っていた。

「恐れ入りますが、ご足労願えますか」

「構わないが、どこへ行くんだ」

「是非お会いしたいと仰っておいでの方が、今、池之端《いけのはた》でお待ちなんで」


日暮れ前の下谷広小路は人出が多く、相変わらず賑《にぎ》わっていた。

佐平太は池之端の小料理屋へ案内された。

近くに加賀前田《まえだ》家御用達の料理茶屋や有名な仕出し料理屋などがあるものの、場所柄庶民的な店が建ち並んでいた。

佐平太が案内された店もその一軒だった。

ただ、通されたのは奥の四畳半の個室で、きちんとした身なりの武士が待っていた。

「初めてお目にかかる。私は小田原藩町奉行所与力戸村源次郎《とむらげんじろう》です」

戸村源次郎は佐平太より三、四歳若い感じだった。

この時代、列藩は幕府に倣《なら》って各城下に町奉行所を設置し、治安の維持につとめた。したがって、そこの与力・同心は江戸の町方役人とほぼ同じ任務に当たっていた。

「これからお話しすることは、あなたの胸におさめ、決して他言は無用に願いたい」

同年代で同じ与力の友部と違って、格下の同心である佐平太に対して戸村の物言いは丁寧《ていねい》だった。

「利助に命じてあの口中医の家を見張らせていたのは、私の兄嫁がいるからなのです」

「兄嫁?」

佐平太はすぐには理解できなかった。あの家に住んでいるのは、口中医の兼坂と貴美代夫婦二人だけの筈だ。

「患者の中にですか?」

「いえ、兄嫁とは貴美代どののことです」

「しかし、あの人は兼坂先生の?」

「貴美代どのは私の兄、戸村良順《りょうじゅん》の妻だった人で、私には義理の姉なんです」

戸村の口からは思いもよらない事実が語られた。

「兼坂英輔と名乗っている男は、本当は又七《またしち》という名で、小田原で口中医をしていた兄のところに出入りしていた入れ歯師なんです」

「歯医者じゃないんですか」

「入れ歯師としてはそこそこの腕はあったようですが、医学の教育も受けていなければ、医学の知識も乏しい素人も同然の男です」

歯の治療や抜歯などをする口中師は医学を正式に学んでいるが、総入れ歯や部分入れ歯を作る入れ歯師は、その多くが仏像や根付作りを専門とする木彫り職人だった。だから、木彫り職人でもある卯之吉も時々入れ歯作りを頼まれて、小遣い稼ぎをしている。

「三年前のことです。深夜、兄が家の中で惨殺され、義姉《あね》が行方知れずになりました。手文庫の金が無くなっていることから、何者かが盗みに入り、兄を殺して義姉を連れ去ったに違いないと――」

結局、貴美代の消息は判らず、賊が殺害して死体を遺棄《いき》したと考えられていた。

ところが、今年になって貴美代によく似た女が、それも又七らしい男と一緒にいるのを、商用で江戸へきた小田原の商人が見かけた。

「三年前から又七の姿も消えていたのですが、入れ歯作りの仕事先を探すために小田原を出たのだとばかり思っていましたし、義姉と又七に関する噂を耳にしたこともまったくなかったので、まさかと思ったのですが」

江戸へ調べに来てみたら、又七は口中医の看板を掲げて、あろうことか貴美代と夫婦として暮らしていた。

戸村は信じられない光景に愕然とし、三年前の真相が今になってようやく判った気がした。

「兄を殺したのは又七だったんです。義姉に邪《よこしま》な思いを寄せていた又七は、物盗りの仕業に偽装して義姉を連れ去ったんです。はじめから義姉の略奪が又七の目的だったんです」

「略奪だとしたら、お義姉さんはどうして唯々《いい》諾々《だくだく》と兼坂先生、いや、又七と一緒にいるんですかね。三年の間には逃げる機会もあった筈だと思いますよ」

「おそらく、義姉は今はもうすべてを諦め、あの男と夫婦として暮らすしかないと考えているのだと思います」

と、戸村源次郎は沈痛な面持ちで続けた。

「十五年近く連れ添った夫を目の前で殺害され、みずから命を絶つこともできぬままに義姉は希望を失い、諦めて生きる道を選んだのだと思います」

「又七がお兄さんを殺したという証拠はあるんですか」

「残念ながら、確かな手証はありません。義姉が唯一の生き証人ですが、もはや義姉の口から真実は聞き出せないでしょう。真実を話す気があれば、とっくに又七の許から逃げたはずです。今の義姉は、三年もの間夫婦として暮らしてきた相手を裏切れなくなっているに違いありません」

「どうするつもりなんですか」

「できれば、又七と義姉を小田原へ連れ帰って、黒白をつけたいと考えています」

「しかし、確たる証拠なしでは」

それまで黙って部屋の隅に控えていた利助が、

「仙吉《せんきち》のことをお話しした方がいいんじゃねえでしょうか」

と、戸村に小声で言った。

戸村は頷き、佐平太に向かい直して、

「昨日、波よけ稲荷の近くで顔に傷のある男が殺されたのをご存知でしょうか」

「知ってます」

「被害者は仙吉といって、小田原で又七の呑み仲間だった男なんです」

「呑み仲間？」

「仙吉はこの江戸で又七が義姉と一緒にいることを嗅《か》ぎつけて、たぶん強請《ゆす》っていたのでしょう。だから、又七が口封じのために仙吉を始末したに違いありません」

仙吉の死体を蒼ざめた顔で凝視していた貴美代と、その貴美代を強引に連れ戻していった兼坂の姿が、佐平太の脳裏に甦《よみがえ》った。

あの時、貴美代は仙吉が殺されたことに驚いていたのだ。そして、殺したのが兼坂こと又七だと判っていたのだ。

どうやら戸村の話は真実のようだと、佐平太は思った。

「本来ならこちらの町奉行所に、仙吉殺しの下手人は又七の可能性が高いことを話さなければならないのですが、その件は野菰さんの胸におさめておいて頂きたいのです。又七をこのまま泳がせて、私の手で必ず三年前の確たる証拠を摑み、無残に殺害された兄の無念を晴らしたいのです」

戸村たちは二人きりの兄弟で、兄の良順が口中医を志したのも弟に家督を譲るためだった。

「私が奉行所与力に抜擢《ばってき》された時、兄は弟の私に戸村家の家督を譲ったのは正解だったと、とても喜んでくれました」

元は小田原で起きた事件でもあり、義理とはいえ兄の嫁だった貴美代が関わっていることからも、できれば江戸の町奉行所を煩《わずら》わせず自分の手で解決したいので、今しばらく他言しないで貰いたいと、戸村は重ねて懇願《こんがん》した。

その気持ちは佐平太にも判らなくはなかった。

身内が絡んでいるとなれば、余計そういう気になるのも無理はない。

「俺は年番方預かり同心だから、もともと難しい事件には縁がないし、今の話は聞かなかったことにしますよ」

　と、佐平太は戸村に言った。

三

「野蒜はどこだ！　野蒜はおらんか！」

用部屋を抜け出して仮牢の独房で昼寝をしていた佐平太が目を開けた。

小川の声はいつもと違って切羽詰った感じだ。

きっと与力の友部にすぐ野蒜を呼べとでも言われているのだろう。急用なのは間違いない。

佐平太は慌てて跳ね起き、仮牢からとび出した。

「やっぱりそこだったか！」

小川が駆け寄ってきた。

「御用でしょうか」

「用があるからおぬしを捜していたのだ」

と、小川は顔に当てていた濡れ手拭いを取った。

顔の右下がぱんぱんに腫れていた。

「虫歯、ですか?」

小川はこくんと頷いて、

「昨夜から少し痛みがあったのだが、無理して昼めしを食ったせいか急に痛みが増して、あっという間にこのありさまだ。おぬしが歯を抜いた八丁堀の口中医を紹介してくれんか」

「いいですよ。年番方の用部屋へ戻ってすぐ紹介状を書きます」

「直接おぬしが紹介してくれ」

「俺も行くんですか?」

「友部様には野蒜に案内してもらうと断っておいた。一緒に行ってくれるな」

「いいですけど」

「そうか、行ってくれるか」

小川はほっとしたように吐息をついた。

その様子に佐平太はぴんときた。

「小川さん、もしかすると歯医者に行くのははじめてなんじゃありませんか?」

「判るか、やっぱり。実を言うと正真正銘、これが初体験なんだ」

小川が照れくさそうに言った。

「ううっ！　痛っ！　ひーっ！　ううーっ！」

虫歯の中を容赦なく穿《ほじく》られて、小川がたまらず悲鳴をあげた。

「物を食べたあとは必ず歯を磨く。そうすればこんなに食べかすが残って、痛みや腫れには悩まされずにすむ。どうですかな」

「お陰でだいぶ楽になった。手間をおかけした」

「まだまだ」

診察台から身を起こそうとした小川をぐいと元に戻して、兼坂が治療を続けた。

「ひーっ！　ううーっ！」

小川がまた悲鳴をあげた。

「すいません、大袈裟《おおげさ》で。なにしろ、口中医にかかるのは生まれてはじめてなものですから」

と、佐平太が受付の貴美代に詫《わ》びながら、

「そうだ。先日波よけ稲荷の近くで殺された男は、患者でも、知り合いでもないんでしたね。こちらに入っていったと思ったのは、俺の見間違いだったのかな」

「そうだと思います」

「あの男は仙吉という名で、三年前までは小田原にいたらしいんですよ」

「そうですか」

「因《ちな》みに、お二人は、以前、小田原にいらしたことは」

「ありません」

「そうですよね。ありませんよね。あの男がこちらに入ったと思ったのは、やっぱり俺の見間違いだったみたいです」

貴美代は微笑を浮かべて平静を装っているが、内心はかなり動揺しているのが感じられた。

戸村源次郎の話は事実なのだと佐平太は思った。

奥の診察室から小川が出てきた。

「どうでした」

「抜かずにしばらく様子を見るらしい」

「それはよかった。歯は抜かずにすむなら抜かないに越したことはないって言いますからね」

小川が治療代を払い終えるのを待って、

「お世話様でした」

と、佐平太は一緒に帰っていった。

「お大事に」

見送った貴美代の顔からは微笑が消えていた。

「次の患者を」

奥から兼坂の声がした。

貴美代は慌てて、

「次の方、どうぞ」

と、患者を奥に案内した。

その貴美代に兼坂が小声で言った。

「あの野蒜という同心に、また何か？」

「仙吉って名も、小田原にいたことも判っているみたいです」

兼坂の顔が険しくなった。

「でも、私たちは小田原にいたことはないし、あの男とは知り合いではないとはっきり言いました。それでいいんですね」

兼坂は無言で頷くと、患者のそばに戻り、いつものようにずけずけものを言いながら治療をはじめた。

その兼坂の後姿を、貴美代は黙然とみつめていた。

「ひとりで行くのが怖かったんじゃありません」

妻女のお秀《ひで》が小川をからかうように言った。

「馬鹿を言え。そうじゃなくて、この野蒜が歯を抜いて貰った口中医だから、紹介して貰ったんだ」

「紹介して貰うだけなら、わざわざ野蒜さんを引っ張って行かなくてもよかったでしょう」

「俺もこなくていいと言ったんだが、野蒜の奴がどうしても付いていくと言ってきかなかったんだ」

そういうことにしてくれと小川は目で佐平太に合図した。

「そ、そうなんです。私が無理矢理付いていったんです」

「ほら、本人もそう言ってるだろう」

「すいませんね、お手数をおかけしてしまって」

「いいえ、小川さんには日頃色々とお世話になっているんですから、これ位は当たり前です」

　お秀は、夫のことはすべてお見通しらしい。判っていても、知らないふりをすることで、夫の逃げ場をちゃんと用意する。それが、長年連れ添った妻としての知恵であり、夫婦円満の秘訣なのかもしれない。

　今日はうちへ寄れと、小川が自分の組屋敷まで佐平太を引っ張ってきたのは、先日のお返しというより、妻女に疑いをかけられた時の用心のためだったのだろうが、それもお秀には見透かされているようだ。

　夫婦は騙し騙されながら絆《きずな》を強めていくものだと何かに書いてあったが、小川夫婦を見ていると、佐平太はなるほどという気がする。

「どうぞ召し上がれ」

　佐平太の前にお秀が草色の餅菓子を出した。

「ずんだ餅ですか」

「よくご存知ですね」

「山形《やまがた》生まれの浪人仲間に郷土の名物だからと誘われて、何度か甘味処に食べに行ったことがあります」

「うちのやつも母親が山形の生まれで、子供の頃から作り方を教わっていたものだから、何かというと、このずんだ餅だ」

と、ずんだ餅をひとつ食べはじめた。

「また歯が痛くなりますよ」

「大丈夫だ。反対側で食うから心配ない」

だが、小川はとたんに顔をゆがめ、

「ううっ」

と、歯痛に呻きながら部屋から転がるようにとび出して行った。

「だから、言わないことじゃないのに、子供と変わらないんだから。ちょっとごめんなさいね」

お秀が呆《あき》れ顔で小川のあとを追って出て行った。

井戸端で小川がうがいをしたり、総楊枝《ふさようじ》で歯を磨くのを、お秀が甲斐甲斐《かいがい》しく世話しているのが見えた。

子宝に恵まれなかったが、いずれは親戚から養子を迎えて、妻と二人のんびり老後を送るつもりだと、いつか小川が言っていた。

そういう夫婦も悪くないな、と佐平太は思った。

「どうしたんです」

夕食の膳についていた佐平太に、不審げに綾乃が訊いた。

「え？」

「さっきから箸《はし》をとめて、何か考え事をしているみたいだから」

「いえ、別になにも」

佐平太は箸を動かした。

隣では千太郎が箸と茶碗を持ったまま船を漕ぎはじめていた。

「千太郎、お行儀が悪いでしょう」

千太郎は慌てて食べはじめるが、すぐまたこっくりこっくりしだし、箸と茶碗を手から放して横になって寝てしまった。

「仕様がない子ね」

「ここは俺が片付けときます」

「すいません」

綾乃が千太郎を抱き上げて、奥の部屋の布団に寝かせに行った。

佐平太は茶碗と箸を拾い、こぼれた飯粒を片付けはじめた。

「あとはあたしが」

と、綾乃が戻ってきて畳の上を雑巾《ぞうきん》で拭いた。

「実は俺、考え事をしてたんです、さっき」

佐平太がぼそっと言った。

「やっぱりそうだったんですね。何を考えてたんです」

「世の中には色んな夫婦がいるんだなと思って」

「どうして、そんなことを」

「たまたま全く違う夫婦を目にしたものですから、それで。綾乃さんと亡くなったご主人の田崎さんは、どんな夫婦だったんですか」

綾乃からはすぐ返事が返ってこなかったので、

「いいんですよ、無理に話してくれなくて」

と、佐平太は言ったが、

「あたしたち、ごく普通の夫婦だったんです」

綾乃は懐かしむように話し出した。

「実家が筆や硯《すずり》を売る商いだったので、あたしも時々お店を手伝っていたんです。吟味方の若い同心は調べ書を書かなければならないから、主人も何度かうちのお店にきていたんですけど、口をきいたことは一度もなかったんです」

ところが、ある日突然見合いの話が持ち込まれ、その相手が田崎千之助だと聞いて綾乃は驚いた。

「ご主人は、きっと、綾乃さんに一目惚《ぼ》れだったんですね」

「それはどうか判りませんけど。町場育ちで武家のしきたりに疎《うと》いものだから、あたし、はじめの頃は何度も失敗してしまって。でも、主人はその度に手を取るようにして教えてくれました。今思うと、あたしは一度も主人に叱《しか》られた憶《おぼ》えがないんです」

「優しい人だったんですね」

「ええ、本当に優しい人でした。でも、夫婦なら喧嘩《けんか》をしたり、憎み合ったり色んなことがあっていい筈なのに、優しかったことしか記憶にないのは、それだけ、夫婦としては短い間しか一緒に暮らしていなかったということなのかもしれません」

祝言を挙げて二年後に綾乃は千太郎を身ごもった。

夫の田崎千之助が病死して一年半が経つから、二人が夫婦として暮らしたのは八年足らずの期間だった。

普通の夫婦は短くても二、三十年は一緒に暮らすし、五十年以上も連れ添う夫婦も少なくない。

佐平太は貴美代と兼坂のことを考えていた。

「兼坂っていう先生はいつごろ本八丁堀で開業したんですか」

「千太郎が三歳の時だったから、三年前だったと思いますけど」

二人は小田原から姿を消したあと、すぐに江戸へ出てきて口中医を開業したらしい。

開業資金は貴美代の夫だった戸村良順宅の手文庫から奪った金に違いない。

それにしても、十五年以上連れ添った夫を殺した男と、この三年間、一つ屋根の下で夫婦として暮らしている貴美代とはどういう女なのだろう。

佐平太には貴美代という女が理解不能だった。

「あの先生がどうかしたんですか」

綾乃の声で佐平太は我に返った。

「いえ、どうもしません。腕のいい口中医なんで、いつから開業してるのかちょっと気になって」

「奥さんに聞いた話では、以前は千住《せんじゅ》の方で開業してたらしいんですけど、そこを引き払って江戸へ出てきたみたいですよ」

小田原とは江戸をはさんで反対の千住にいたと言うことで、素性《すじょう》を隠すつもりなのだろう。貴美代は兼坂こと又七に略奪された哀れな人妻ではなく、今や夫殺しの立派な共犯だと言える。

　佐平太はその思いを強くした。

「ただいま戻りました」

　卯之吉が帰ってきた。

「お帰りなさい。お味噌汁温《あたた》めなおすわね」

「いいですよ、そんなことしなくて」

「卯之吉さんに、冷めたお味噌汁を呑ませるわけにはいかないでしょう」

　綾乃は手鍋を下げて台所へ行った。

「野蒜の旦那にも同じこと言うんでしょうね、野蒜さんに冷めたお味噌汁を呑ませるわけにはいかないでしょうって。本当はあっしにだけ言ってほしいけど、そうもいかないんだろうな」

　と、たくわんをぽりぽり嚙んでいた卯之吉が、

「そうだ、思い出した。木彫り職人仲間の寄り合いで行った深川《ふかがわ》の呑み屋に、あの男の馴染《なじ》みの女がいたんですよ」

「あの男?」

「だから、あの男ですよ」

「どの男のことなんだ？」

「だから、ほら、この間波よけ稲荷の近くで殺された顔に傷のある、仙吉って遊び人ですよ」

「あの男の？」

「こういうのを奇遇って言うんですかね。朋輩《ほうばい》の酌婦に、あの男の馴染みの女だって聞いた時には驚きました。もっとも本人は機嫌が悪そうだったから、直接話はしませんでしたけどね」

少し近くを散策してくると言って、佐平太は着流しで組屋敷を出て、急ぎ足で深川へ向かった。

卯之吉からさりげなく店の名と女の名を聞き出していた。

店は深川八幡宮の近くだと聞いたから、遅くまで開いていると思った通り、客もまだ五、六人は残っていた。

「お客さん、前にもいらしたことありましたっけ」

指名して呼んだ女・おたきは不貞腐《ふてくさ》れ顔で佐平太の横に腰を下ろし、

「一杯頂くわ」

と、杯を突き出して、酌《しゃく》をせがんだ。

思わず顔をそむけたくなるほど酒臭かった。

酌をしながら佐平太が言った。

「ご機嫌斜めみたいだな」

「当たり前よ。こんなことになれば、女はみんな機嫌が悪くもなるわよ」

おたきは杯の酒をこぼしながら呑みほして、二杯目を催促した。

「何があったか知らないが、話の次第じゃ相談に乗るぞ」

黒羽織を着ていないと誰も佐平太を町方同心だとは思わないらしい。

「本気？」

おたきが佐平太に胸元を押しつけた。

「ああ、本気だ」

「とかなんとか、うまいこと言って、あっちこっちで女を泣かせて――」

と、言いかけて、おたきが酔眼を凝《こ》らして佐平太を見た。

「泣かせてきたとは思えないわね。人がよさそうだし、女に泣かされても女を泣かす顔じゃないわ、お客さんは」

そう言うと、おたきは急にしゃくり上げはじめた。

佐平太が懐紙を出して渡した。

「本当はあたし、今頃はあの人と箱根《はこね》に行ってた筈だったのよ」

「あの人というのは、お前の情夫《いろ》だな」

「近々大金が入るから、箱根で湯巡りでもしようぜって約束してたのに、死んじまったのよ、それも殺されて」

「そいつはついてない話だな」

「だから言ったのよ、あたし。うまい話には気をつけないと、とんでもない目に遭うわよって。でもあの人ったら、相手はど素人だから心配はいらないって。だからあたし安心してたら、あんなことになってしまって」

おたきは泣きながら、自分で杯に酒をついで立て続けに呑んだ。

戸村源次郎が言った通り、仙吉はこの江戸で又七と貴美代が夫婦として暮らしていることを嗅ぎつけて、金を強請ろうとして、逆に口封じのために殺されたようだ。

「何だか変だと思ったのよね、あたし。だって、ここへお侍があの人のこと捜しにきたりしたんだもの」

「侍が？」

「お客さんより若くて、みなりもきちんとしたお侍だった。どなたですかって訊いても名乗らなかったし、うちの人に何の用があったのか気になってたのよね」

「その侍がいつここへ来たんだ」

「あの人があんなことになる二、三日前だったかしら。相手がお侍だとは言ってなかったから、あの人を殺したのはここへ来たお侍じゃないとは思うけど。人間一寸先は闇だっていうけど、本当にそうだわよね。あたし、ちょっとおしっこしてくる」

おたきは危なっかしい足取りで厠《かわや》へ向かった。

ここへ仙吉を捜しにきた侍というのは、戸村源次郎のような気がしたが、そうだとすると解せないと佐平太は思った。

殺される何日か前から仙吉の存在を知っていたのなら、口を塞がれる前に手を打った筈だ。

仙吉が口封じのために兼坂こと又七に殺されたのなら、戸村は何の手も打たず、みすみす仙吉が殺されるのを見過ごしたことになる。

おたきが戻る前に、佐平太は店を出た。

喉《のど》に何かが引っかかっているような気がした。

三年前、小田原で起こった事件には、他に何か、隠された真相があるのかもしれないと考えながら、佐平太は永代《えいたい》橋を渡った。

四

翌日の昼前、下谷広小路裏の旅籠《はたご》から、旅支度をした利助が出てきた。

「どこへ行くんだ」

と、佐平太が近づいてきた。

「これから小田原へ帰るとこです」

「小田原へ帰る？」

「あとは自分ひとりで片をつけるので小田原へ帰っていいと、戸村の旦那に言われました
んで」

「あの人はどう片をつけるつもりなんだ」

「それは……」

利助は言い澱《よど》んだ。

「この近くに美味《うま》い蕎麦《そば》屋があるんだ。ちょっと付き合ってくれ」

昼時には少し早いので、蕎麦屋はまだ客の姿がまばらだった。

佐平太は衝立《ついたて》で仕切られた座敷に利助を促して、そばの大盛りを頼み、

「ここの玉子焼きは絶品なんだ」

と、出し巻き玉子も二人前注文した。

「波よけ稲荷の近くで殺された仙吉が、又七たちを強請っていたというのは、いつ知ったんだ」

「江戸へついてすぐ戸村の旦那に聞かされました。その日の明け方、仙吉は又七に口を塞がれたらしんで」

「お前は、あの日、小田原から江戸に着いたのか」

「へえ、姿を消した二人が江戸にいるらしいと判って、戸村の旦那が先に江戸へ来て調べていたんです。あっしは四、五日遅れてこっちへ」

「あの人の兄貴が殺されているのは、誰が見つけたんだ？」

「戸村の旦那です。呑みすぎたので泊めて貰うつもりで行ったところ、様子が変なんで、家の中に入ってみたらお兄さんが冷たくなっていたとかで」

「最初、盗みに入った賊が兄嫁を攫《さら》っていったと思ったそうだな」

「ですが、二人が江戸に素性を隠して一緒に住んでいるのが判って、戸村の旦那はやっと三年前の真相に気づいたそうです」

「仙吉が小田原で又七の呑み仲間だったことは、お前も知っていたのか」

「戸村の旦那に聞くまでは知りませんでした。仙吉って男が小田原にいたことは知ってましたが、又七の呑み仲間だってことまでは」

「なるほどな。で、さっきの話だが」

佐平太は一呼吸置いて、利助をまっすぐ見た。

「あの人は、この一件の片を、どうつけるつもりなのかな」

「お前は知らなくていいと言われたんですが、たぶん、三年前に殺されたお兄さんの仇《かたき》を討《う》つ腹づもりじゃねえかと」

「又七と兄嫁を斬る気なんだな」

「戸村の旦那がいつか仰ったんです。口中医になってはいても兄は武家の出だ、武家の出に相応《ふさわ》しい供養をしてやりたいって。お武家の出に相応しい供養ということは、仇討《あだう》ち以外にはないってことでしょう」

「二人を斬って、小田原藩には兄の仇を討ったと届け出るわけか」

「小田原藩には届け出ないつもりのようです」

「届け出ない？」

「お兄さんを殺した又七と、そのお兄さんの嫁だった女が夫婦として一緒に暮らしていたなんて、とても公にはできないと思ってるみたいなんで」

蕎麦と出し巻き玉子が運ばれてきた。

「お言葉に甘えて頂きます」

利助は蕎麦をすすりながら、

「あっしがこんな話をしたことは、戸村の旦那には内緒にしといて下さい。戸村の旦那には、短気というか血の気が多いというか、そういうところがありますから」

「そんな風には見えないけどどな」

「人は見かけじゃ判りませんよ。部屋住みだった頃、遊び半分で手を出した博打《ばくち》で、つい頭に血が上って結構な借金をこしらえたことがあって、お兄さんに後始末してもらったって話が、噂ですけど、あるくらいですからね」

優男《やさおとこ》で好青年の戸村源次郎に意外な一面があることを知って、佐平太は三年前の事件には、やはり、何か隠された真実があるという思いを強くした。

貴美代が最後の患者を送り出してきた。

「お大事にね」

と、見送って『只今診療中』の木札を、『本日終了』と書いた裏にして、家の中に戻りかけ、貴美代は息を呑んだ。

夕もやの中を、戸村が近づいてきたのだ。

「源次郎さん……！」

「久しぶりですね、義姉上。又七に伝えてください、私が来たことを」

何か言おうとする貴美代を遮って、戸村が続けた。

「義姉上と又七が、ここで、夫婦として暮らしていることは先刻承知しています」

貴美代は蒼然と後退り、弾かれたように家の中へ駆け込んでいった。

奥の診察室から出てきた兼坂が只ならぬ貴美代の様子に、

「何か……？」

「源次郎さんが……源次郎さんがいらしたんです……！」

「源次郎さんが、ここに……！」

玄関から戸村が入ってきた。

「口中医兼坂英輔か、見事に化けたものだな、又七。兄を殺して義姉上を奪った極悪人が、その義姉上と夫婦として暮らしていたとはな」

兼坂は崩れるように膝《ひざ》をついた。

「いつか、この日がくると覚悟していました。この三年、貴美代奥様と夫婦として暮らせて、俺は幸せでした。もう思い残すことはありません。戸村先生を殺したのは俺です。この又七が殺しました」

兼坂は戸村を見上げ、両手を揃えて出した。

「私は、小田原藩の奉行所与力として来たのではない。私がここへ来たのは、貴様に殺された兄の仇を討つためだ」

貴美代が驚いて何か言いかけた。

兼坂が強く首を横に振って、必死で貴美代を制した。

「でも……違うのに……！」

貴美代は悲痛につぶやいた。

「何が違うのですか、義姉上」

「いけない、言ってはいけない」

兼坂が口に出して貴美代をとめた。

「何を言ってはいけないのだ。又七、お前は義姉上に何を言わせたくないのだ」

「違うんです、源次郎さんはとんでもない思い違いをしてるんです」

「私がどんな思い違いをしているというのですか」

「あなたの兄を手に掛けたのは、又七ではありません。私です。私があなたの兄を、夫を、殺したんです……！」

貴美代は三年前の小田原での出来事を話しはじめた。

就寝前に貴美代はいつも家の戸締りを確かめていた。

その夜も戸締りを確かめていた貴美代は、いきなり、背後から口を手で塞《ふさ》がれ、首筋に匕首《あいくち》を突きつけられた。

盗人被《ぬすっとかぶ》りをした仙吉が低い声で、

「死にたくなきゃ、黙って金のある部屋へ案内するんだ」

匕首の切っ先で脅され、仕方なく貴美代は居間へ仙吉を案内した。

行燈の下、火鉢のそばで寝酒をちびりちびり口にしていた貴美代の夫・戸村良順が二人を見て蒼ざめた。

「だ、誰だ、お前は」

「騒ぐんじゃねえ。見ての通り俺は盗人だ。女房を死なせたくなきゃ、金を出して貰おうか」

良順は懐の財布を放り出した。

小判が二、三枚と小つぶと鐚銭《びたせん》が覗いていた。

「これっぽちじゃ足りねえんだよ。有り金残らず出しな」

「金はそれだけだ」

「嘘つくんじゃねえよ。これだけ立派な構えの口中医の家に、金がこれしかねえわけがないだろうが」

「用心のため、金は全部、知り合いの両替屋に預けてある」

「両替屋だと」

「金はそれしかないが、その代わりに、お前の好きにしていい」

「何を好きにしていいんだ」

良順は無言で、視線を、貴美代に移した。

貴美代は愕然と夫を見た。あまりの衝撃に言葉がでなかった。

「こいつは驚きだ。本当に好きにしていいんだな」

良順は黙って頷くと、二人に背を向けた。

「あなた……お願いです……あ、あなた……！」

貴美代は必死で声を絞り出して助けを求めたが、良順は酒を口にしたまま背を向けて動かなかった。

陵辱された貴美代は、仙吉が姿を消したことにも気づかず、胸元が肌蹴たままで虚《うつ》ろな目を彷徨《さまよ》わせていた。

「はしたない。いつまでそんな格好をしているんだ」

良順が冷やかに吐き捨て、寝間の隅の畳の下から手文庫を取り出した。

両替屋に預けてあると言ったのは急場しのぎのでまかせで、手文庫の中には三百両を超える小判が保管されていた。

「女の操と違って、山吹色の小判の山は人の命よりはるかに重たい」

良順は小判を一枚一枚丁寧に磨きながら、こともなげに言った。

「貴美代、お前も今夜のことはさっさと忘れてしまいなさい。なあに、たいしたことじゃない。やぶ蚊にちょこっと刺された程度のことだ」

貴美代の中に、激しい怒りと憎しみが突き上げてきた。

その手が火鉢の中の火箸を摑み取っていた。

「貴美代、何の真似だ。止せ。よ、止すんだ。た、助けてくれーっ」

良順は逃げ出そうとした。

だが、貴美代は憎悪の目で、その良順の背に火箸を突き刺していた。

「ううーっ」

呻き声をもらして、良順は崩れ落ちた。

貴美代は自分のしたことに愕然となった。

震えながら血まみれの火箸を捨て、その場から後退りした。

「どうすればいいのか、どこへ行けばいいのか、私には見当もつかなかった。夜の町をあてもなく彷徨い、気がついたら、私は、又七さんの長屋に……」

良順のところに出入りしていた入れ歯師の又七は貴美代の話を聞いて、

「奥さんは悪くねえ。悪いのは戸村先生の方だ。金を守りたくて、よりによって奥さんを差し出すなんて人間のすることじゃねえ。逃げるんですよ、奥さん。この小田原から逃げるんです」

「で、でも……」

「俺がお供します。俺が奥さんを、奥さんを守ります」

「又七さん……！」

その夜のうちに、貴美代と又七は小田原から姿を消した。

「この三年、私たちは夫婦として生きてきました。でも、それは素性を隠すためでした。又七さんは人前では夫婦として振舞ったけど、二人きりの時はそうじゃなかった。口中医の兼坂英輔としてではなく、入れ歯師の又七として私に接していました。私には指一本触れようとはしませんでした」

又七が訥々《とつとつ》と口を開いた。

「たとえ偽りでも……貴美代奥様と夫婦として暮らせて、俺は幸せだった……ずっと憧れていた人と……夫婦の真似事ができた……俺にとっては夢のような毎日だった……だから、もう思い残すことはない。俺を斬って、戸村先生の仇を討ってください」

「何を言うの、夫を殺したのはあなたではありません。私です。源次郎さん、仇を討つなら私を斬ってください」

「俺を斬ってください」

「いいえ、私を」

貴美代と又七は互いに自分が前に出ようとした。

「それほど言うなら、二人一緒に斬ることにしよう。どちらか一人が生き残るより、その方が二人にとってもよさそうだ」

戸村はぎらりと腰の差し料を引き抜いた。

その時、

「そいつはどうかな」

と、佐平太が現れた。

戸村は一瞬険《けわ》しい目になるが、差し料を腰に戻しながら、

「いいところへ来てくれた。これから兄の仇を討つところだった。あなたにその立会い人になって貰いたい」

「仇討ちをしたと、小田原藩には届け出ない筈じゃなかったんですか」

「兄を殺した男と兄嫁が夫婦として暮らしていたなどと、戸村家の恥を世に晒《さら》すつもりはなかったが、事情が変わった」

「どう事情が変わったんです」

「兄を手に掛けたのは兄嫁だったことが判った。夫を殺しておきながら他の男と夫婦気取りでいたなど、断じて許せない。二人を斬り捨てぬ限り、亡き兄の恨みは晴れないだろう」

「兄さんの恨みを晴らすなら、本当の下手人を討たなきゃ、仇討ちとは言えない」

「だから、本当の下手人はこの兄嫁だったのだ」

「いいや、本当の下手人は第三の男だ」

「第三の男……！」

戸村は硬い顔で佐平太を見据えた。

「利助の話じゃ、兄さんの遺体には刺し傷が二つあったそうだね。一つは背中に、もう一つは心の臓に。こっちが命取りになった。つまり、貴美代さんが刺した背中の傷は致命傷じゃなかったってことだ」

「あの時、主人は死んではいなかったんですか」

「そうですよ。奥さんはそれを確かめずにとび出してしまったんですよ」

貴美代と又七は思わず顔を見合わせた。

佐平太は戸村を見据えて続けた。

「貴美代さんがとび出したあと、第三の男が現れ、生きていたあんたの兄さんの心の臓に同じ火箸を突き刺した。そして、手文庫の中にあった三百両近い小判を奪ったんだ」

「その第三の男というのは誰なんだ」

「誰なのか、あんたが一番よく判ってる筈だぜ」

「私に判る筈がないだろう」

「判らない筈はないさ。入れ歯師の又七が義姉の貴美代さんを略奪するために、盗人の仕業に偽装して兄の戸村良順を殺して逃げたという筋書き、こいつを書いたのは誰でもない、あんたなんだからな」

「なんだと」

戸村の手が腰の差し料に伸びた。

佐平太は構わず続けた。

「顔に傷のある盗人が入ったことは生きていた兄さんから聞いていたんだろう。その仙吉が貴美代さんを強請っていると知って、あんたは手文庫の金を奪ったことを隠し通すために、仙吉の口を封じた。又七の仕業だと思わせてな」

「何を証拠に、そんな根も葉もないたわ言を。江戸北町の同心といえども、確たる証拠もなく人殺し呼ばわりは許さん」

戸村は再び差し料を抜いた。

「証拠は、小田原へ帰った利助が早晩見つけ出すさ。若い頃の間違いを繰り返した挙《あげ》句《く》、あんたが兄を殺して盗んだ三百両の金で、借金の穴埋めをした確たる証拠をな」

「お、おのれ、貴様も生かしてはおかん」

戸村は佐平太に斬りつけた。

剣術の腕は自分の方が上だと見抜いていたから、佐平太は白刃を払い飛ばして、戸村の腹部に拳を見舞った。

戸村は苦悶の色であっけなく昏倒《こんとう》した。


波よけ稲荷近くの隅田川を、一艘の小船が流れに乗って漂っていた。

船の中には気を失った戸村が横たわっていた。

その背中には「見懲らし」の紙が貼られていた。

明け方には戸村も意識を取り戻すだろうが、その頃にはすでに小船は隅田川から海へ出ていて、流れつくのはおそらく伊豆七島のどこかだろう。三年前の事件の真相は公にならなくても、戸村には島流しという裁きが下されたことになる。

真相を公にしなかったのは、又七と貴美代が夫婦として新しくやり直せるようにと、佐平太が考えたからだ。

この三年、偽りの夫婦だった二人だが、夫婦としての絆で結ばれていたような気が佐平太はしていた。

あの二人なら、本物の夫婦としての確かな絆をこの先も築いていくに違いない。

貴美代と一緒に江戸を離れて知らない土地でやり直すという又七に、どうして兼坂英輔という偽名を使ったのかと、佐平太が訊いた。

「子供の頃、初めて虫歯を抜いてくれた口中医の先生が兼坂英輔という人で、ああいう口中医になりたいと、ずっと思っていながら、貧しくて口中医になる勉強がなかなかできませんでした。けど、入れ歯師の仕事をしながら、子供の頃の夢を忘れたことは一度もなかった。だから、私は――」

もっと研鑽《けんさん》して本物の口中医になる決意だし、兼坂英輔の名もこの先ずっと使い続けるつもりだと、貴美代と笑顔を見合わせながら又七は答えた。

(お互い、同じ名の先生に虫歯を抜いて貰ったわけだな……)

佐平太はそう思いながら、稲荷橋を渡って、八丁堀の組屋敷への帰路についた。

第四話　老武士

一

早暁の八丁堀組屋敷から、釣竿と魚籠《びく》、風呂敷包みを持った佐平太が出てきた。

「野蒜のおじさんの言うことをちゃんと聞くんですよ」

と、綾乃が短い釣竿を肩に担いだ千太郎と出てきて、

「おじさんを困らせるようなことしては絶対に駄目よ。判ったわね」

「わかった」

「折角の非番の日なのに、すいません。よろしくお願いしますね」

「任せてください。千坊、出かけるぞ」

「うん」

千太郎はこくんと頷いて、嬉しそうに佐平太と出かけていった。

二人を見送る綾乃の背後、

「どうしたんです、こんな朝っぱらから」

と、寝ぼけ顔で出てきた卯之吉が遠ざかっていく二人を見て、

「そうか、今朝は野蒜の旦那が千坊と釣りに行くんでしたね」

「千太郎がこの間からせがんでたらしいの。遊び友だちからお父さんに釣りに連れていって貰った話を聞いて羨《うらや》ましかったみたいで。久しぶりのお休みなのに、野蒜さんには申し訳なくて」

「気にしなくていいんですよ。野蒜の旦那、どうせ奉行所じゃ――」

言いかけた卯之吉だが、

「いいえ、何でもありません。まだ夜が明けきってないし、もうひと眠りするかな」

と、母屋へ戻って行った。

奉行所での佐平太は年番方預かり同心という閑職で、どうせ毎日が休みみたいなものだからと言いかけたものの、さすがに卯之吉もそこまで露骨には言えなかった。


佐平太と千太郎は日本橋を通って室町を抜け、神田川に架かる昌平橋を渡った。

神田川は途中から外濠と合流して、柳橋の辺りで隅田川へ流れ込んでいる。

武蔵野の湧き水が源流で、分水されて上水として飲料水などに利用されているだけあって、綺麗な清流だから鯉《こい》や鯎《うぐい》などの他に、冬場には冷たい渓流にしかいない筈の山女魚《やまめ》が釣れたりする。三月も半ばを過ぎたので、今はもう山女魚が紛れこんでくることはない。

昌平橋を渡ったのは、対岸の方が釣りに適しているからだった。手前は右が柳原堤で人通りが多くなるし、左は駿河台《するがだい》だから川岸まで下りるのが大変だった。

千太郎が楽に近づける岸辺の草むらを見つけて、佐平太は一緒に釣りをはじめた。餌にするみみずは、昨夜のうちに佐平太が八丁堀中を廻って集めておいた。最初はおっかなびっくりだった千太郎も、すぐに平気でみみずを釣り針に付けられるようになった。

佐平太に教わりながら釣り糸を垂《た》れた一度目に、小さな鯱を釣り上げたことですっかり釣りが楽しくなったのだ。

その千太郎と違って、佐平太の浮きは一向にぴくりともしない。

千太郎のお供で来たようなものだからと、欠伸《あくび》を嚙み殺した佐平太が思わず目を凝《こ》らした。

川面《かわも》の浮きがぴくぴく動き、やがてぐーんと川の中へ沈んでいった。

釣竿ごと引きずり込まれそうになって、佐平太は足を踏ん張って持ちこたえた。

「これは大物だぞ」

千太郎が目をみはって言った。

「大きいお魚なんだね」

「ああ。たぶん、鯉だ。それも、かなり大きな奴だ」

佐平太は釣竿を引き上げようとしたが、なかなか引き上げることができず、ひと呼吸おいて満身の力を込めた。

その時だった。

草むらの向こうから、釣竿を手にした老武士がひとり、引きずられるようにとび出してきたのだ。

老武士が手にした釣竿の釣り糸の先と佐平太の釣り糸の先が、水草と一緒に絡み付いていたのだ。

「これはとんだ粗相《そそう》を」

佐平太は慌てて絡んだ釣り糸をはずして、

「申し訳ありません。てっきり大物がかかったとばかり思ったもので」

「お互い様だ。わしもやっと大物が釣れたと早合点してしまった」

古武士を思わせる風格を漂わせた老武士が笑顔で言った。

千太郎が佐平太の袖を引いた。

「ん？　どうした、千坊」

千太郎は黙って袖を引き続けた。

「どうしたんだ？」

千太郎はちらちら老武士を気にしながら、尚も佐平太の袖を引いている。

「黙っていたんじゃ、どうしたのか判らないじゃないか」

「朝食はすませたのかな」

千太郎の様子を見て、老武士が訊いた。

「いえ、朝めしはまだ」

「それじゃ、坊ずはきっと腹が空《す》いたのだろう」

「そうなのか、千坊」

千太郎は恥ずかしそうに下を向いてもじもじしている。

その小さな腹がぐーっと鳴った。

「やっぱりだ」

老人が目を細めた。

「よし、朝めしにしよう」

佐平太は老武士を振り返って、

「朝めしはお済みですか」

「家の者を早起きさせるのは可哀相なのでな」

「でしたら、一緒にどうですか」

「いや、わしは――」

「遠慮はいりません。二人では食いきれないくらいありますから」

「そうか。ならば、遠慮なく馳走になるとするか」

「どうぞどうぞ」

佐平太は風呂敷包みを拡げた。

握り飯と玉子焼きとこんにゃくの煮付け、たくわんの朝食だ。

「お魚の番してる」

千太郎は魳が逃げないようにと、握り飯を頰張《ほおば》りながら魚籠の番をした。

「なかなか利発な子だな、おぬしの倅《せがれ》は」

「俺の倅じゃありません。知り合いの子です」

「この朝餉《あさげ》は、おぬしの手作りか？」

「いえ、あの子の母親が持たせてくれたんです」

「子供連れで、おぬしに嫁いだわけだな」

「違いますよ。母親は女手ひとつであの子を育ててますし、俺も独り身です」

「そうか、おぬし、まだ独り身だったのか。できれば、早く身を固めることだ。年《とし》をとって子をもうけると、つい可愛がりすぎて育て方を間違えてしまうものだ」

老武士は述懐のようにそう言った。

昼前には釣りを切り上げ、三人は昌平橋を戻ってきた。

「わしはこっちだが、おぬしたちは？」

「日本橋を通って八丁堀の方へ。そうだ、申し遅れましたが、俺は――」

佐平太が名乗ろうとすると、

「お互い名乗り合うのはやめておこう」

と、老武士は制して、

「偶然出会ったただの太公望《たいこうぼう》仲間、それでいいのではないかな。縁があれば、いつかまたここで会える」

「そうですね。またいつか、お会いできるのを楽しみにしています」

老武士は千太郎の頭を撫でて、

「坊ず、またな」

と、笑いかけ、ゆっくり駿河台の方へ向かった。

駿河台小川《おがわ》町には、大名格の幕臣や大身旗本の屋敷が建ち並んでいる。

老武士もかなりの身分なのだろうと思いながら、佐平太は千太郎と八丁堀への帰路についた。

三月も終わり近くになると、盛りをすぎた桜が散りはじめ、江戸の町にもまもなく初夏が到来する。

暮れ六つ（午後六時頃）過ぎに北町奉行所を出た佐平太は、多くの店が鎧戸《よろいど》などを下ろしはじめた日本橋の町を横切って、八丁堀へ通じる新場橋《しんば》へさしかかった。

橋を渡ろうとした佐平太の足がとまった。

足もとの橋板のわずかな隙間から、橋の下で躰を半分川の中へ沈めて、息を潜めている職人風の男の姿が見えたのだ。

橋板の隙間越しに怯《おび》え顔の男と目が合った。

男の目は黒羽織姿の佐平太に何かを訴えている。

佐平太は橋から戻ろうとした。

そこへ、一方から抜刀した袴姿の侍二人が駆け寄ってきた。

二人は横柄な物言いで佐平太に尋ねた。

「ここへ町人が逃げてこなかったか」

「大工か左官の半纏《はんてん》を着ている町人だ」

「あいにく見かけませんでしたね」

佐平太は丁寧に答えた。

「おのれ、どこへ逃げたんだ」

「そう遠くには行っていない筈だぞ」

と、二人は辺りを見廻しながら駆け去っていった。

橋の下からは半纏姿の男が這《は》い上がってきた。

半身ずぶ濡れで、肩口の斬り傷からは血が滲《にじ》んでいた。

「連中に斬られたんだな。見せてみろ」

佐平太は手拭いで傷の応急処置をしながら、

「何があったんだ」

男は怯えた目で佐平太を窺《うかが》うように見た。

「怖がる必要はない。何があったか話してみろ」

男は震え声で、

「いきなりあの連中が斬りつけてきて、何がどうなっているのか、俺たちにはさっぱりわけが判らなくて」

「お前の他にも誰かいたのか」

「大工仲間の猪之吉《いのきち》が――」

二人が戻ってくるのが見え、男は蒼《あお》ざめた。

「ここから逃げろ。逃げるんだ」

佐平太に押され、男は一方へ逃げ出した。

男の姿が見えなくなった頃に、二人が戻ってきた。

「今ここで誰かと話していたようだが」

侍の一人が佐平太に言った。

「いいえ、誰とも話してませんけど」

「本当だろうな」

「嘘をつく理由がないでしょう」

「おぬしの勘違いだろう。俺は見なかったぞ」

「そうか、俺の思い違いか」

「向こうを捜してみよう」

と、新場橋を渡ろうとした侍が一方を見て、

「渡辺《わたなべ》さん？」

もう一人も慌てて一方に、

「すいません。まだ見つかりません」

二人の前に、渡辺と呼ばれた男が姿を現した。

同じ袴姿だが、見るからに豪胆な感じの佐平太と同年代の男だった。

「あの町人の始末はつけた」

渡辺と呼ばれた男が二人に言った。

佐平太は男に近づいた。

「どう始末をつけたんですか」

男はじろりと佐平太を見た。

「見たところ町方役人のようだな」

「北町の者です」

「北町の誰だ」

「北町奉行所同心、野蒜佐平太と言います」

年番方預かりを抜かしたのは、相手に嘗《な》められないようにという咄嗟《とっさ》の判断だった。

「俺は大番衆の渡辺喜一朗《きいちろう》だ。あの町人は日本橋鈴木《すずき》町の稲荷杜で、邪《よこしま》な振る舞いをした挙句《あげく》に町娘を絞め殺しただけでなく、止めに入ったわれら大番衆二人のうち一人を刺し殺し、残る一人に大怪我を負わせて逃走した不届き者だ。よって、この手で成敗したのだ」

渡辺喜一朗は佐平太を睨み据えながら続けた。

「不届き者はもう一人逃走中だが、我らが必ず見つけ出して成敗する。町方役人の口出しはもちろん、一切の手出しは無用だ。判ったな」

渡辺は二人を促《うなが》して新場橋を足早に渡っていった。

佐平太は急いで渡辺が来た方へ急いだ。

新場橋からふたつ先の松幡《まつば》橋の近くに、人だかりができていた。

佐平太が人垣の後ろから覗き込んだ。

そこには、一刀のもとに斬り殺されたさっきの大工職人が両目を見開いたまま、血まみれで斃《たお》れていた。

佐平太はその場に暗然と立ち尽くすしかなかった。

「お前さん、どうして、どうしてこんなことに……！」

大番屋に運ばれた大工の亡骸《なきがら》を前に、幼な子を背負った女房がへたり込んだ。

太吉《たきち》という名の大工は、去年所帯を持ったばかりで、生まれて四ヶ月にしかならない息子と女房の三人暮らしだった。

温厚な人柄だった亭主が、若い娘に乱暴をして絞め殺したというのが女房にはあまりにも衝撃が大きかったためか、泣き喚くこともできない放心状態だった。

この大番屋まで亡骸に付き添ってきた佐平太には、そんな女房の背で何も知らずにすやすや眠っている赤ん坊が痛ましかった。

北町の四十代の定町廻り同心が佐平太に声をかけた。

「もう引き取ってくれていいぜ」

日頃取調室に使われている隣の小部屋には、絞殺された町娘の遺体が安置され、両親らしい男女が涙を拭いながら付き添っていた。

「どういうことなのか、説明してもらえますか」

「首を突っ込まない方が身のためだ。大番衆がらみの一件となると、どのみち町方には手が出せないんだし、下手にしゃしゃり出たら痛い目に遭うのが落ちだ」

「大工の太吉たちが大番衆の一人を手にかけて、もう一人に大怪我をさせたというのは確かな話なんですか」

「間違いない。通行人が殺された大番衆と、大怪我した大番衆が運ばれていくのを見てるんだからな」

「しかし、それだけじゃ太吉たちの仕業だという証拠にはならないんじゃないですか」

「相手は大番衆なんだぞ。証拠がどうとか言えるわけがないだろう。事件は自分たち大番衆がけりをつけると言ってるんだ。町方ははいそうですかと引き下がるしかないんだよ。とにかく、あんたはもう引き取ってくれ」

定町廻り同心に追い払われるようにして、佐平太は大番屋を出た。

大番衆は戦時の先鋒隊として開府以来続く大番組の構成員で、家柄と武芸に秀《ひい》でる旗本の中から選ばれた精鋭集団だった。全部で十二の大番組があり、一組二百人、総勢で二千四百人の大所帯になる。一年交代で二組ずつ計四組が大坂城・二条城《にじょう》の警備にあたり、残る八組千六百人が常時江戸城を固め、非常に備えて江戸市内の巡回もしていた。いずれにしろ、幕府の直轄機関としては、町奉行所より遥《はる》かに大きな組織なのだ。

しかし、佐平太はどうにも納得がいかなかった。

橋場橋で、太吉は言った。

「いきなりあの連中が斬りつけてきて、何がどうなっているのか、俺たちにはさっぱりわけが判らなくて――」

そして、猪之吉という大工仲間が一緒だったことも言いかけた。行きつけの居酒屋で木彫り職人仲間と呑んでいた卯之吉を引っ張り出して、佐平太は猪之吉という大工捜しを手伝ってほしいと頼んだ。

「大番組の連中に任しておけばいいのに。野蒜の旦那は物好きなんだから、まったく」

卯之吉は渋々猪之吉捜しに協力した。

その甲斐《かい》あって、猪之吉の住んでいる長屋の場所を卯之吉が聞き出してきた。こういうことは、小者の卯之吉の方がやはり佐平太より数段腕がいい。

猪之吉の長屋は、比丘尼《びくに》橋の近くだった。

昔は尼僧の格好をした私娼が夜な夜な出没することから、比丘尼橋の名がつけられたらしいのだが、この頃はまったく姿を見せなくなっていた。

猪之吉の長屋に佐平太が着いたのは、九つ（午前零時頃）を廻った頃だった。

棟割《むねわり》長屋は向かい合って建っており、右の一番奥が猪之吉の住居だと聞いていたので、佐平太は路地を足音を殺して近づいていった。

長屋はどこも灯りが消えて寝静まっていたが、猪之吉の家からは灯りがもれ、しかも表戸が少し開いていた。

佐平太がそっと家の中に忍び込んだ。

若い娘が蠟燭《ろうそく》の灯りを手に衣類などを風呂敷包みに入れていた。

「猪之吉の着替えのようだな」

佐平太の声に若い娘が驚いて振り返った。

「心配するな、俺は大番衆じゃない。お前の名は？」

若い娘は震え声で言った。

「きみ、です」

「悪いようにはしない。猪之吉をどこに匿《かくま》ってるんだ」

おきみは迷い顔で黒羽織姿の佐平太をみつめた。

佐平太は黙っておきみの返事を待った。

おきみは佐平太を信用できる町方役人だと思ったのか、口を開いた。

「猪之吉さんは、今――」

佐平太が手で制し、表の気配を窺った。

「誰かくる……！」

おきみが怯えたように身を硬くした。

猪之吉の家にやってきたのは渡辺喜一朗だった。

表戸がかすかに開いたままで灯りがもれているのを見て、渡辺は大刀の柄《つか》に手を伸ばしながら、いきなり、表戸を引き開けた。

そして、渡辺は驚きの目で見た。

上がり框《かまち》に、佐平太が腰を下ろしていたのだ。

「どうも。また会いましたね」

「ここで何をしている」

「猪之吉という大工を、あなたが太吉同様斬るのだろうと思ったもので、ここを捜し当てたんですが、無駄足でした」

渡辺はすばやく家の中を確かめた。

「無駄足だと言ったでしょう。残念ながら、猪之吉の姿は影も形もありません」

渡辺は威嚇《いかく》するように佐平太を睨みつけ、

「町方役人の手出しは無用だと言った筈だ」

「それは伺いましたが、人が斬られると判っているのに、何もしないで黙って見ているというのは、町方役人としては、やっぱり、ちょっと違うんじゃないかという気がしまして」

「黙れ。これは我ら大番衆の手でけりをつける。町方の出る幕ではない」

「そう言われても、こっちとしては尻尾を巻いてむざむざ引っ込むというわけには」

「北町の野蒜とか申したな」

「ええ、野蒜佐平太です」

「我ら大番衆が、すなわち大番組がどれほどの力を持っているか、貴様に思い知らせてやる。覚悟しておけ」

渡辺は薄ら笑いを浮かべ戻っていった。

おきみは、渡辺に気づかれないことだけを考えて裏から逃がした。再度おきみに会って、猪之吉の居場所を聞き出さなければと佐平太は思っていた。

渡辺がどんな手を使って自分を思い知らせようというのか、この時の佐平太には、どうでもいいことだった。

二

「野蒜、友部様がお呼びだ」

翌朝、北町に着くと小川が待ち構えていた。

「俺に何か」

「何かではない。一体おぬし何をしでかしたんだ」

「別に何も」

「何もしでかしてなければ、友部様があれほどご機嫌斜めなわけがないだろうが」

「そんなにご機嫌斜めなんですか、友部様」

「近来ないほどな」

年番方用部屋の奥の部屋で、友部が待っていた。

ここは内密の話をする場合に使う部屋で、佐平太ははじめて入った。

いつもは佐平太の顔を見ずに喋る友部が、最初から目を離さずに口を開いた。それだけでただ事ではないことが小川にも、佐平太にも判った。

「どういうつもりなのだ」

「と言いますと」

「北町奉行所の同心という立場を、きちんとわきまえているのかと尋ねている」

「もちろん、わきまえているつもりですけど」

「わきまえているなら、なぜ逸脱《いつだつ》するような真似をしたのだ」

小川が口を挟んだ。

「友部様、この野蒜がどのような逸脱行為をしたのですか」

「こともあろうに、大番組に歯向かったのだ」

「何ですって、大番組に？　野蒜、そうなのか」

「別に歯向かったわけでは」

「歯向かったのだ。歯向かったのでなければ、大番組からお奉行のところへ直々苦情などこない」

「お奉行のところへ大番組から苦情がきたのですか」

小川が驚いて訊いた。

「そうだ。野蒜佐平太に厳重注意するようにとの申し入れがあったのだ。私は監督不行き届きだと、お奉行からお叱《しか》りを受けた。こんな屈辱は初めてだ。詳しい経緯を吟味方から渡されたが」

と、懐から書面を出し、

「これを読んで、あまりの愚《おろ》かさに呆れ果てた。町方同心として、あるまじき越権行為だ」

友部は吐き捨てて、書面を佐平太に放った。

「拝見します」

佐平太は書面を拾って、黙読した。

そこには、佐平太が渡辺喜一朗という大番衆から聞かされた通りのことが書かれてあった。

日本橋鈴木町の稲荷杜で、酒に酔った大工の太吉・猪之吉両名が町娘を陵辱して絞め殺し、たまたま通りかかって止めに入った大番衆の一人を殺害、もう一人に怪我をさせて逃亡。逃げる二人を目撃した渡辺喜一朗が大工の一人太吉を成敗。佐平太には残る大工の一人猪之吉の逃亡を幇助《ほうじょ》した疑いが濃厚だとあった。

「これは、向こうの言い分だけを一方的に聞いて書いたものです。猪之吉の言い分も聞かないと、真相は明らかにはならないと思います」

「町奉行所は管轄外のことに余計な口出しも、手出しも許されない。それ位は知っているだろう」

「知っていますが、この場合は」

「町奉行所の管轄外なのは明白だ。大番組から死傷者が出ているのだからな」

書面を黙読していた小川が顔を上げ、

「この怪我をした滝沢市之丞《たきざわいちのじょう》という大番衆は、もしかして、あの滝沢頼母《たのも》様のお身内か何かですか？」

「ご子息だ」

「なるほど大番組が本気になるわけですな」

「滝沢様というのは？」

「大番組を束ねる大番頭様だ」

「大番頭？」

「六千石のお旗本で、十二名いる大番頭の最長老で、大番頭筆頭ともいうべきお方だ」

「そうなんですか」

友部が呆れたように、

「そんなことも知らなかったのか」

「はい、まったく知りませんでした」

その佐平太を忌々しげに見て友部が言った。

「滝沢様のお屋敷へ直ちに謝罪に参れとお奉行が申されている」

「お手数をおかけします」

「謝罪に行くのは私ではない」

「俺、いえ、私が行くんですか？」

「当たり前だ。本人が行かねば謝罪にはならない。土下座してでも謝罪して許しを請《こ》い、許しを貰うまで奉行所へ戻るなと、お奉行は仰っておいでだ。判ったら、即刻謝罪に行くのだ」

「判りました」

佐平太は平伏して、部屋から出て行った。

「野蒜もまずいことをしてくれましたね」

「まずいではすまされん。あの男だけの問題ですめばいいが、下手をすればこちらにまで火の粉が飛んでこないとも限らない。こんなことなら、年番方預かりになどせず、さっさと他に移しておくのだった」

小川が出て行った筈の佐平太が戸口に戻ってきているのに気づき、

「そこで何をしているのだ」

「あの、どちらでしょうか、滝沢様のお屋敷は」

「確か駿河台の小川町だ」

改めて出て行く佐平太を見て、友部が呆れ顔でつぶやいた。

「役立たずが」


駿河台の小川町一帯に建ち並ぶ武家屋敷の中でも、滝沢頼母の邸宅はひときわ大きな門構えだった。

門の前には中間《ちゅうげん》の門番が二人、立っていた。

「北町奉行所同心野蒜佐平太が滝沢頼母様にお詫びに伺った。その旨《むね》、お取り次ぎ願いたい」

門番の一人が邸内へ消え、ほどなく前夜の大番衆水谷弥五郎《みずたにやごろう》と岡内新三郎《おかうちしんざぶろう》が出てきた。

「付いて参れ」

と、水谷が先に立ち、岡内が佐平太の後ろに用心深く続いた。

佐平太が案内された広い中庭には、渡辺と大番衆数人が待ち構えていた。

「滝沢様にお詫びをしに参ったそうだが、どうお詫びするつもりだ」

「お奉行のご命令は、たとえ土下座をしてでもお許しを頂くようにと」

「なるほど、土下座か」

渡辺は他の大番衆を促して、佐平太を取り囲ませ、

「では、それをまず我々にもやって見せて貰おう」

「土下座をですか」

「そうだ。相手は六千石の大番頭滝沢様だ。粗相《そそう》のないよう、親切心から前もって我々が見てやると言っているのだ。不服なら不服だと申せ」

佐平太はその場に膝をついて、土下座の体勢を取った。

渡辺たち大番衆は軽蔑の薄笑いで佐平太を見下ろしていた。

「何ごとだ」

渡辺の背後の邸内から声がした。

「これは滝沢様」

渡辺と大番衆たちが、濡れ縁に出てきた滝沢頼母に慌てて一礼した。

佐平太も顔を上げていいものかどうか迷ったが、謝罪の意を示すためにそのまま土下座を続けた。

「昨夜お話ししました北町奉行所同心野蒜佐平太が、この通り滝沢様にお詫びがした

いと参っております」

「その必要はない」

頼母がそう言って邸内に戻ろうとしているのが判ったので、佐平太は咄嗟に、

「お待ちください」

と、顔を上げながら声をかけた。

「お怒りはごもっともですが、俺、いえ、私は滝沢様のお許しを頂くまで奉行所に戻るなときつく言われています。ですから、必要ないなどと仰らずに、ここは何とかお許しのお言葉を――」

頼母の視線が自分に注がれているのを感じて、佐平太は怪訝《けげん》に見返した。

そして、思わず目をぱちくりさせた。

目の前にいるのは、昌平橋近くの釣り場で遭遇した老武士だった。

「あなたは……！」

「やはりそうか、おぬしはあの折の……！」

頼母も佐平太に目を細め、

「奥へ通してくれ」

と、言い残して、邸内へ戻っていった。

岡内が佐平太を邸内に案内していった。

「滝沢様があの町方同心と知り合いだったとは、奇遇ですね」

と、水谷が渡辺に言った。

渡辺は答えず、無言で佐平太を見送った。


縁先の添水《そうず》のかーんという音が響いた。

佐平太は一室に通され、頼母と対座していた。

「北町の同心だったのか」

「同心といっても、年番方預かりの身分です」

「年番方ならば、大番組の邪魔をせずともよかったのではないか」

「邪魔はしていません。俺はただ、真相をはっきりさせたいと思って」

「真相ははっきりしている。町人を止めに入った大番衆堀卓馬《ほりたくま》が逆に殺され、倅市之丞が重傷を負った。だから、渡辺が町人の一人を成敗し、残る一人を捜し出そうとしたが、おぬしに邪魔され取り逃がした」

「それは誰から聞かれたんですか」

「渡辺からだ」

「ご子息からはお聞きになったのですか」

「一命は取り止めたが、倅は満足に口がきける状態ではない」

「大工の猪之吉を見つけ出して、まずことの真相を確かめてみるべきではないかと」

「確かめるまでもない。堀卓馬が殺され、倅市之丞が瀕死の重傷を負ったのが、何よりの証拠だ。渡辺たちは猪之吉という大工を見つけ次第成敗する。わしもそれを許可した」

「話も聞かずに成敗するなんて、無茶な話ですよ」

「神君家康公の命によって二百年の長きにわたって続く大番組は、常に武士としての規範を守り、武士道を貫くことを目指して生きてきた。受けた恥辱《ちじょく》は、武士として、必ずや晴らさねばならん」

「ですが」

「北町の奉行には、昨夜の件は許しを得たと伝えるがいい」

頼母は立ち上がって、佐平太を見据え、

「ただし、今後は一切の口出しは許さん。引き取って貰おう」

と、決して容赦はしない。再び邪魔立てすれば、たとえおぬしであろうと、毅然《きぜん》と言い、一室から出て行った。

頼母の後姿は、釣りの時に会った老武士とはまるで違って、佐平太をはっきりと拒絶していた。

重傷を負った頼母の倅市之丞は離れに寝かされていた。額と左腕の包帯に血を滲ませた市之丞はまだ十八歳で、息子というより孫のような若さだった。

張り番の家従が居住まいを正して平伏した。渡り廊下を頼母がやってきたのだ。

「しばらく向こうで休憩しなさい」

と、家従を行かせて、頼母は市之丞の枕元に座した。

市之丞の顔にはうっすら寝汗が浮かんでいる。

頼母は懐紙で寝汗を拭いてやりながら、

「そなたをこんな目に合わせた不届き者は、この父が決して許しはせん」

と、痛ましげにわが子の寝顔をみつめて、つぶやいた。

「あたしよ、猪之吉さん」

親父《おやじ》橋の下の小さな舟小屋の外でおきみが声をそっとかけた。

日本橋の東にある堀江《ほりえ》町と六軒《ろっけん》町間の水路に架かる親父橋周辺には、舟小屋がいくつかあったのだが、今残っているのは誰も使っていない廃屋同然のこの舟小屋だけだった。

舟小屋の中から、表戸が開けられた。

おきみが辺りを警戒しながら風呂敷包みを手に入っていった。

中に潜んでいた大工の猪之吉が表戸を閉めて閂《かんぬき》を戻した。

その左腕に巻いた布切れが血に染まっていた。

おきみは風呂敷包みの中から晒《さら》しと塗り薬を出して、猪之吉の傷の手当てをした。

「うっ」

猪之吉が腕の傷の痛みに顔をしかめた。

「ごめんなさい。ちょっとだけ我慢して」

手当てを終え、おきみは風呂敷包みから握り飯を出して、猪之吉に手渡した。

「他の人に怪しまれるから、これしか持ってこれなくて」

猪之吉は握り飯に食らいついた。

おきみは比丘尼橋近くの長屋から持ち出した着替えを出しながら、

「昨夜猪之吉さんの長屋で町方の旦那に会ったの」

「町方の旦那に？」

「悪いようにはしないからって、猪之吉さんの居場所を訊かれたんだけど、そこに誰か来たみたいで。その旦那があたしを逃がしてくれたの。あの旦那なら、猪之吉さんのこと守ってくれる気がする。だから、ここを教えて相談してみたらどうかなって」

「相談するだけ無駄だよ。相手は天下の大番組だ。町方には何もできやしない。町人の俺を、守ってなんかくれるもんか」

「でも、このままじゃ太吉さんみたいに、猪之吉さんも」

「その時はその時だ。運が悪かったって、太吉も俺も、よくよく運が悪かったんだって、そうでも思って諦《あきら》めるしかねえさ」

「猪之吉さん……！」

猪之吉は黙って握り飯を食べ続けた。

「猪之吉さんも太吉さんも、何も悪いことなんかしてないのに、こんなひどい目に合うなんて……！」

おきみの目にはやり場のない怒りの涙が溢《あふ》れ出していた。

両国広小路に近い米沢町《よねざわちょう》の路地に、佐平太と卯之吉がきていた。

「あの店に、おきみという娘が働いているんだな」

と、佐平太が斜向《はす》かいの開店前のめし屋を見ながら卯之吉に言った。

「ええ、猪之吉や死んだ太吉って大工がよく昼めしを食いに来てたらしいんで、旦那が会ったおきみじゃねえかと。それにしても、いいんですか、勝手にこんなことして」

卯之吉が心配顔で、

「言われてるんでしょう、首を突っ込むなって。大番組に逆らったら大変なことになりますよ」

「ああ」

「ああじゃねえでしょう。大番組といえばご公儀きっての強面《こわもて》揃いで、北町の同心なんて屁《へ》とも思っちゃいねえ連中ばかりなんですからね」

佐平太は返事もせずに斜向かいのめし屋の周辺を見ている。

「聞いてるんですか、旦那。大番組の連中は、下手すりゃ、旦那の命だって容赦なく奪いかねねえんですぜ」

「だろうな」

「それが判ってるなら、さっさと手を引くのが利巧ってものでしょうが」

「お前は俺が利巧だと思ってるのか」

「そ、それは……」

「だったら判るだろう。手を引く気は俺には毛頭ない」

「けど旦那――」

佐平太が一方を見て言った。

「おきみだ」

その視線の先、おきみが戻ってきたのだ。

佐平太は路地からおきみに歩み寄った。

おきみは驚いて立ち止まった。

佐平太はそのおきみを路地へ引っ張って行き、

「猪之吉はどこに隠れてるんだ。居場所を教えてくれ」

「猪之吉さんをどうするつもりなんですか」

「昨夜も言ったように、決して悪いようにはしない。猪之吉の力になりたいと思ってるんだ」

「町方の旦那が、猪之吉さんを……大番組から、猪之吉さんを守ってなんかくれっこない」

「誰がそう言ったんだ。猪之吉がお前にそう言ったんだな」

おきみは後退《あとずさ》りながら、

「猪之吉さんの居場所なんて、あたし、知りません」

と、身を翻すと、斜向かいのめし屋の中へ駆け込んでいった。

「痛いとこつかれちまいましたね。あの娘の言う通りですぜ。町方同心の旦那にゃ、大番組から猪之吉を守ってやりたくても無理な話ってもんでさあ」

「あのおきみから目を離すな」

「旦那はどこへ？」

佐平太は答えず足早に路地から出て行った。

「全く、何を考えてるんだか」

卯之吉はやれやれといった顔でため息をついた。

だが、内心では少なからず佐平太を見直していた。

天下の大番組に真っ向から逆らうなど、なかなかできることではない。それをやろうとしている佐平太は、やはりただの独活の大木ではないと思いながら、卯之吉はなかなか素直には認められずにいる。

認めてしまえば、心に秘めている綾乃のことを卯之吉はいつか諦めなければならなくなるような気がしていた。

三

眠っていた市之丞が薄目を開けた。

枕許には渡辺の顔があった。

「具合はどうです」

市之丞は目を閉じようとした。

「大丈夫、ここには今、拙者《せっしゃ》しかいない」

市之丞は再び薄目を開けて部屋の中を見廻し、渡辺以外に誰もいないのを確かめて口を開いた。

「いつまでこうしていなければならないのだ」

「残る猪之吉の始末がつくまで、市之丞どのにはこのまま意識が戻らない芝居を続けて貰います。その方がお父上にも余計な詮索《せんさく》をされずに済みます」

「確かに父上の説教を聞かずに済むのはありがたいが、こういう芝居は疲れる。早くなんとかしてくれ」

「今しばらくお待ちを。言ってみれば身から出た錆《さび》、これくらいの辛抱はして頂かなければ」

「判っている」

市之丞は半身起こして、枕許の水差しから直接水を呑み、

「喉《のど》がからからだ。意識を失ったままというのが、これほど大変だとは思ってもみなかったよ」

と、更に水差しから水を呑もうとした。

「市之丞どの」

渡り廊下をくる人の気配に、渡辺が水差しを取り上げて市之丞を寝かせる。

市之丞も意識不明の芝居を続けた。

渡り廊下を渡って、頼母が離れへ入ってきた。

「渡辺、おぬし一人か」

「拙者ひとりですが」

「話し声が聞こえたような気がしたのだが」

「拙者が市之丞どのに話しかけていたのです。この水差しを口にくわえさせましたと

ころ、僅《わず》かですが、ご自分でお呑みになりました」

「そうか、自分で呑んだか」

「気がつかれるまでそれほど時間はかからないに違いありません」

「うむ」

と、頼母は頷き、安堵の色で市之丞の寝顔をみつめた。


裏門のくぐり戸から、佐平太が中庭に忍び込んできた。

表門には二人の門番が立っていたが、警護のためというより大番頭の威信を示すのが目的で、家従は賊の方が恐れて近づかないと思っているからか、戸締りにはあまり関心がないらしい。

佐平太は気配を感じて、植え込みの陰に身を隠した。

離れから渡辺が出てきて、渡り廊下を渡って行った。

離れからは頼母が庭へ降りてきて、池の鯉にえさをやりはじめたが、

「そこにいるのは何者だ」

と、脇差に手を伸ばしながら、鋭く植え込みの方を見た。

植え込みの陰から、佐平太が出て行った。

「おぬし……？」

頼母は佐平太を訝《いぶか》しげに見た。

「何をしに参った」

「滝沢様にぜひ聞いてほしいことがあって参りました」

「わしに何を聞いてほしいのだ」

「昨夜斬り殺された大工の太吉が、俺に言ったことです」

「おぬしに何を言ったのだ」

「いきなり大番衆に斬りつけられて、何がどうなっているのか、自分たちにはさっぱりわけが判らない、と」

佐平太は一歩進んで続けた。

「大番衆の方を殺《あや》めたり、大怪我をさせたりした者がそんなことを言うでしょうか。太吉たちは自分たちには身に覚えのないことで斬りつけられ、何が何だか判らなかったんじゃないのかという気がするんです」

「苦し紛れの言い逃れに違いあるまい」

「言い逃れかどうかを確かめるすべは残っています。太吉は殺されましたが、もう一人の猪之吉という大工は生きています。見つけ出して成敗する前に、猪之吉の口から確かめてください」

「苦し紛れの言い逃れを、命惜《お》しさの出任せを、わしに確かめろと申すのか」

「言い逃れかどうか、出任せかどうか、滝沢様なら見分けられます。他の連中にはできなくても、滝沢様なら、正しい判断を下して、見分けることができる筈です」

「わしが今やらねばならんのは、正しいとか間違っているとかではなく、武士としての本分を貫くことなのだ」

「間違っていると判っていても、猪之吉を斬るということですか」

「間違っているなどとは、微塵《みじん》も思ってはいない。武士として、受けた恥辱は必ずはらさねばならん。そうでなければ、武士ではない」

頼母は険しい目で佐平太を見据えた。

佐平太も無言で見返し、静かに踵《きびす》を返した。

頼母は微動だにしないでその場に立ち尽くした。

夜の両国広小路界隈は人出で賑《にぎ》わっていた。

米沢町の路地では、卯之吉がめし屋を張り込んでいた。

「旦那」

佐平太が近づいてきて、

「おきみはまだ店にいるようだな」

「ええ、あれからずっと。猪之吉のとこに行くとしたら、店が終わってからだと思いますよ」

「そうだな。俺が代わるから、今夜はもういいぞ」

「いいんですか。じゃ、あっしはお先に」

と、卯之吉は帰りかけたが、すぐ戻ってきて、

「やっぱり帰るのはやめました」

「どうして」

「旦那に何かあったら、綾乃さんに大目玉食っちゃいますよ」

「いいよ、おきみは俺が見張るから」

「あっしは旦那を見張ります」

「俺を見張るだと」

「そう。大番組相手に旦那が馬鹿なことしねえように見張るんです。綾乃さんに申し開きができるようにね。つまり、旦那にもしものことがあっても、相手が大番組と承知で健気《けなげ》にもそばを離れなかったってことで、綾乃さんの中であっしの株がぐーんと

上がること間違いなしってわけ」

と、佐平太に手を出して、

「はい、旦那とあっしの夕めし代。金欠なら立て替えときますけど」

「あるよ、夕めし代くらい」

佐平太が懐から財布を出すと、卯之吉が覗き込んで、

「相変わらずしけてますね」

「余計なお世話だ」

財布から鐚銭《びたせん》を数えて出そうとした佐平太が、驚いて卯之吉の背後を見た。

卯之吉も振り返った。

いつの間にか、おきみが立っていた。

「本当に、猪之吉さんを守ってくれますか。猪之吉さんを助けてくれますか」

佐平太を見上げておきみが縋《すが》るように言った。

「ああ、約束する。だから、猪之吉がどこに隠れているか教えてくれ」

おきみは意を決して佐平太に打ち明けた。

「猪之吉さんが、隠れているのは親父橋の近くにある舟小屋です――」

猪之吉は舟小屋の中でぐったりと横になっていた。

壁板の節穴や隙間から月明かりが幾筋か差し込んではいたが、舟小屋の中は暗い。

外から声がした。

「猪之吉、ここを開けてくれ」

猪之吉は警戒の色で耳をすました。

「お前がここにいることはおきみから聞いてきた。心配しなくていい。ここを開けるんだ」

猪之吉は入り口の閂にしていた棒切れをそっとはずし、後退って身構えた。

戸を開けて、佐平太が入ってきた。

「町方の旦那ですね」

「ああ、北町の野蒜佐平太だ」

「俺をどうするつもりなんですか」

「なんとかお前を助けたい」

「できっこないですよ、そんなこと。町方には手の出せねえ相手なんですよ」

「お前たちが、大番組の連中にいきなり斬りつけられたことは、太吉から聞いた」

「太吉から、聞いたんですか」

「そのあと、太吉は連中に斬られたんだが、どうすることも出来なかった。だから、お前を同じ目には合わせたくない。そのためにも、何があったのか残らず聞かせて貰いたいんだ」

猪之吉は昨夜の出来事を話しはじめた。

「棟上げの祝いで軽く一杯やったあと、帰り道が同じ方向だった俺と太吉が日本橋の近くを通りかかると——」

「いたぞ！　あいつらだ！」

いきなり一方で男の声がし、続いて抜刀した大番衆らしい侍数人が猪之吉と太吉めがけて突っ走ってきた。

二人はわけが判らず、恐怖におののいてその場から逃げ出した。

だが、追いすがった一人の武士が猪之吉に、別の一人が太吉に斬りつけてきた。

猪之吉は左腕を斬られ、太吉は肩口に切っ先を掠《かす》められながら、左右に別れて夢中で走り逃げた。

猪之吉はおきみが働いているめし屋まで夢中で逃げ続けた。

おきみは店の中で立ち働いていた。

「おきみちゃん……おきみちゃん……」

猪之吉は表から声をかけた。

おきみは表に猪之吉が来ていると判って、笑顔で店から出てきた。

猪之吉は横手の路地の暗がりにいた。

「そんなとこで何してるの、猪之吉さん」

猪之吉はへなへなと崩れるように膝をついた。

その左腕はべっとりと血に染まっている。

「猪之吉さん……！」

おきみは驚いて猪之吉に駆け寄った。

「しっかりして猪之吉さん！　しっかりして！」


猪之吉は佐平太に話を続けた。

「おきみちゃんが俺をここに連れてきてくれたんです。今は誰も使っていない舟小屋だから、見つかる心配はないいって」

「連中は、わけも言わず、いきなりお前たちに斬りつけてきたんだな」

「そうです、俺も太吉も何が何だか判らねえまま逃げるのに夢中で。太吉が斬り殺されたことは、おきみちゃんに聞くまでしりませんでした。どうして、こんなことになったのか、俺には今でも何が何だか」

猪之吉の話を聞いて、佐平太にはいままで霧がかかったように靄《もや》っていた事件の真相が見えてきた気がしていた。

めし屋の斜め前の路地で、卯之吉が立ったまま板塀に寄りかかってうとうとしていた。

舟小屋には佐平太がひとりで出かけたので、用心のためおきみの身辺警護をするのが卯之吉の仕事なのだが、おきみが届けてくれた夜食を残らず平らげたせいで睡魔に襲われていた。

最後の客が帰り、おきみが店から出てきて軒行燈の灯を吹き消した。

左右から水谷と岡内がおきみに近づいた。

おきみが怪訝に二人を見た。

二人はものも言わずにおきみの口を塞《ふさ》いで羽交い締めにすると、無理矢理拉致《らち》した。

斜向かいの路地で、板塀にしたたか頭を打ちつけて目を覚ました卯之吉が光景に驚き、慌ててとび出そうとして、ぎくっと立ち竦《すく》んだ。

喉元に大刀の切っ先を突きつけられたのだ。

大刀を手にしているのは、渡辺だった。

「野蒜佐平太の小者だそうだな」

卯之吉は蒼白で頷いた。

「北町で役立たずの独活の大木と言われておる年番方預かり同心の小者とは、貴様も不運な奴だ」

卯之吉の喉元で大刀の切っ先がぎらりと光った。

舟小屋から出て、佐平太が辺りを確かめ、

「大丈夫だ、誰もいない」

と、声をかけた。

舟小屋から猪之吉が出てきた。

佐平太は、今夜ひと晩猪之吉を八丁堀の組屋敷にとめ、明朝辰《たつ》の口にある評定所へ連れて行くつもりだった。

幕臣の絡んだ事件を裁定する評定所なら、とりあえず大番組も簡単には手を出せない筈だ。命令を守らなかった佐平太は北町を追われるだろうが、少なくとも猪之吉の命を守ることはできる。事件の真相を明らかにすることも可能だ。

もしも、評定所が大番組に屈して真相をうやむやにした時には、見懲らし同心としての仕事をするまでだ、というのが佐平太の考えだった。

佐平太は、どこかで大番頭滝沢頼母との対決を避けていた。

太公望として出会った頼母のままでいてほしいという気持ちが、佐平太の中にあったのかもしれない。

猪之吉を連れて舟小屋を離れようとした佐平太の前に、

「野蒜の旦那！」

と、卯之吉が転がるように駆け寄ってきた。

「どうしたんだ、卯之吉」

「連中がおきみを連れ去りやがったんで！」

「おきみを」

用心のために卯之吉を残してきたのだが、おきみを一緒にここへ連れてくるべきだったと佐平太は後悔した。

「連中は、どうするつもりで、おきみちゃんを」

猪之吉が佐平太に問いかけた。

「たぶん、お前を呼び寄せるつもりだ」

「そうなんですよ」

と、卯之吉が佐平太に、

「野蒜の旦那が猪之吉を見つけ出して、今夜中に受け取りにこさせろ、さもなきゃ、おきみは生かしちゃおかねえって言いやがったんですよ」

「やっぱりな」

「連中がどこへおきみちゃんを連れて行ったか、教えてください」

「俺が代わりにおきみを受け取りに行く」

佐平太がきっぱり言った。

「俺が行かなきゃ、おきみちゃんは殺されちまいますよ。どこへ連れて行かれたのか、俺に教えてください。俺のためにおきみちゃんを死なせるなんて、そんなことできやしねえ」

「けど、お前は生きちゃ戻ってこられねえかもしれねえんだぞ」

卯之吉が痛ましげに猪之吉に言った。

「どのみち、俺、諦めてたんだ。太吉も俺も、よくよく運が悪かったんだって。相手はお侍だ。それも、天下の大番組なんだ。町人の俺がどうあがいたって、勝てっこねえんだ。せめて、おきみちゃんだけは。お願いです、俺を行かせてください。おきみちゃんを助けるためにも、俺を」

「判ったよ」

佐平太は猪之吉をみつめて言った。

「ただし、お前を一人じゃ行かせない。俺も一緒に行く」

四

壁の四隅の燭台に灯りの点《つ》いた納戸《なんど》の中へ、おきみがどっと突き入れられた。

旗本屋敷の納戸だけに、厳《いか》めしい鎧《よろい》や武具が不気味に並んでいる。

入り口の扉ががちゃんと閉じられ、おきみは怯え顔で息を呑んだ。

納戸の外では、水谷と岡内が扉の錠前に鍵をかけていた。

「そこで何をしている」

頼母が近づいてきた。

水谷が一礼して、

「猪之吉と関わりのある町娘を閉じ込めました」

「渡辺さんにそうするように言われましたので」

と、岡内が答えた。

「そんな話は聞いていないぞ」

頼母が言った。

その背後、

「お許しを頂くのが、遅れましたが」

と、渡辺が現れて、

「猪之吉を誘《おび》き寄せるには、これが最良の策かと」

「わしに無断で町娘を拉致してきたのか」

「大番組の威信を守るためにも、ことの解決を急がねばならないと考え、拙者の独断で実行しました。それより、吉報がございます」

「吉報と」

「今しがた市之丞どのがお気づきになられました」

渡り廊下から離れに、頼母が小走りに駆けつけてきた。

布団の上で半身を起こしていた包帯姿の市之丞が、

「父上」

「市之丞」

「ご心配をおかけしましたが、もう大丈夫です。痛みもほとんどありません」

と、包帯をした左腕を動かして見せた。

渡辺に続いて離れへきた水谷と岡内も、市之丞の意識が戻ったことを心から喜んでいた。

「早速だが、昨夜の経緯をお前の口からも聞きたい。お前は堀卓馬と共に、酔った二人の大工が若い娘を襲っている現場に通りかかり、止めに入ったのだな」

「はい」

市之丞がちらと渡辺を見た。

「しかし、その時すでに二人は相手の娘を絞め殺していて、お前たち二人に鑿《のみ》で突きかかってきた」

「滝沢様、その話は改めてお聞きになることにして、市之丞どのには、今はまだ、あまり無理をさせない方がよろしいのでは」

渡辺が口をはさみ、市之丞が目の辺りを手で押さえた。

「どうされました」

「少し眩暈《めまい》が……大したことはない……」

「無理をなさらず横になられた方が」

渡辺が市之丞を布団に横にならせた。

「世話をかけてすまない」

「気遣いは無用です」

頼母はその二人を黙って見ていた。

大番衆があたふたときて、水谷と岡内に耳打ちした。

「如何《いかが》した」

渡辺の問いかけに、水谷が、

「猪之吉が参りました。一人ではなく、あの野蒜佐平太も一緒だそうです」

「そうか、あの北町の同心が付き添ってきたか」

渡辺は予期していたように呟《つぶや》き、

「拙者にお任せください」

と、頼母に言って立ち上がった。

頼母は無表情に市之丞の寝顔をみつめていた。

佐平太と猪之吉は、大番衆に囲まれながら、篝火《かがりび》が明々と焚《た》かれた中庭に通された。

そこには、水谷、岡内らを従えて、渡辺が待ち構えていた。

「思った通り貴様も一緒に来たな。町方同心として、我ら大番組の成敗に立ち会って貰おう。町奉行所に貴様が一部始終を報告すれば、それが評定所にも廻り、こちらの手間が省ける」

渡辺に促された水谷と岡内が、猪之吉を篝火の前に引き出そうとする。

「おきみちゃんはどこだ。俺の命とひきかえに、おきみちゃんを解放してくれる約束だ」

「心配するな」

と、渡辺が言った。

「貴様の成敗に立ち会ったあと、その町方同心がおきみを連れ帰る」

佐平太が水谷ら二人を猪之吉から突き放した。

「俺がここに来たのは、猪之吉の成敗に立ち会うためじゃない。昨夜の真相をはっきりさせるために来た」

「その必要はない。町方の口出しは許さん。どうしてもと言うなら、貴様も一緒に成敗するまでだ」

水谷以下大番衆が一斉に抜刀して身構えた。

「北町の役立たずなら役立たずらしく、おとなしく引っ込んでいればいいものを、余計なところへ首を突っ込んできたのが貴様の命取りだな」

渡辺も冷笑をうかべて腰の大刀を抜いた。

そこへ、頼母が姿を現した。

「頼母様、よいところへ。あくまでも邪魔立てするこの男を、大工共々成敗いたします。町方同心ふぜいの介入を許しては、我ら大番組の威信にかかわります」

頼母はまっすぐ佐平太を見た。

「昨夜の真相をはっきりさせると申したが、それができるのか」

「おそらく」

佐平太も頼母をまっすぐ見返して言った。

頼母は、一瞬間を置き、

「どうはっきりさせようというのか、見せて貰おう」

渡辺が慌てて頼母に、

「この男を増長させるだけで、時間の無駄というものです。すみやかに、成敗を」

「成敗は、いつでもできる」

頼母は大番衆が用意した床几に腰を下ろした。

渡辺は頬をぴくつかせて苦い顔になった。

佐平太は水谷と岡内を見た。

「最初にこの猪之吉と太吉に斬りつけたのは、あなた方ですね」

二人は頷いた。

「町娘に乱暴を働いて絞め殺し、大番衆の一人を鑿で突き殺し、もう一人に大怪我を負わせたのは猪之吉たちだと判ったのは、あなたたちも事件があった稲荷杜に居合わせたからですか」

「いや、我々はその場にはいなかった」

水谷が答え、岡内が頷いた。

「その場にいなかったのに、どうして猪之吉たちだと判ったんです」

「それは、あの時、渡辺さんが」

水谷が同意を求めるように岡内を見た。

「あいつらに間違いないと、我々は渡辺さんに言われたから」

と、岡内が言った。

佐平太が渡辺に歩み寄った。

「渡辺さんはその場に居合わせたわけですね」

「たまたま近くを通りかかったのだ」

「たまたま通りかかった？」

「そうだ。そこで、あの稲荷杜から逃げていく猪之吉と太吉を見かけたのだ」

渡辺は理路整然と当時のことを説明した。

「呻《うめ》き声が聞こえたので中へ入ってみると、堀が既に息絶え、市之丞どのが瀕死の怪我を負わされ、更に陵辱されて殺されている町娘を見て、事態を掌握した。直ちに水谷ら大番衆を呼び集めて、周辺を捜索して二人を発見した。そして、拙者が太吉を成敗したまでのことだ」

「渡辺さんが事件現場に居合わせなかったとすると、滝沢様のご子息に話を聞くしかありませんね」

「市之丞どのは、まだ、完全には回復されていない。なにも市之丞どのから話を聞かずとも、猪之吉という当事者がいるではないか」

「当事者は苦し紛れの言い逃れをするものと相場は決まっています。ここは、やはり被害者でもある滝沢様のご子息からお話を」

「だから、市之丞どのはまだ回復前だと」

渡辺を遮って、頼母が水谷らに命じた。

「市之丞をここへ連れて参れ」

「滝沢様、市之丞どのはお躰がまだ」

「意識が戻ったのだ。昨夜のことを話す位のことはできるだろう。それとも、何かまずいことでもあるのかな」

「いえ、別にまずいことなどは」

渡辺が渋面で引き下がった。

やがて、水谷と岡内に支えられながら離れから市之丞が現れ、頼母の横に用意された床几に腰を下ろした。

市之丞は心なし蒼ざめていたが、それが怪我のせいではないことを佐平太は見抜いていた。

「この男をご存知ですか」

と、佐平太が猪之吉を指さした。

市之丞はすぐには答えず、渡辺をちらと見た。

渡辺が小さく頷いた。

「むろん、知っている、私に鑿で襲いかかってきた大工だ」

と、市之丞が胸を張って答えた。

「猪之吉、お前はこの人を知っているか」

猪之吉は首を横にふった。

「知りません。初めてお会いしました」

「市之丞様は鑿で襲ってきた男だと言い、猪之吉は初めて会ったと言う。ずいぶん奇妙な話だ」

「猪之吉の方が嘘をついているに決まっているだろう。貴様も言った。当事者は苦し紛れの言い逃れをすると」

「確かに言いました。ですが、苦し紛れの言い逃れをしている当事者は、猪之吉じゃなくて、市之丞様の方です」

佐平太はいきなり市之丞の左腕をつかんだ。

「何をする！」

市之丞は抵抗するが、佐平太は構わず左腕の包帯を引き剥がして、傷跡をあらわにした。

「これは鑿で突かれた傷じゃない。刀傷だ」

佐平太は市之丞を見据えていった。

「あなたに刀傷を負わせたのは、おそらく、大番衆の誰かだ」

「馬鹿な！　どうして、大番衆が私を！」

「どうしてかは、あなたが一番よく知っている筈だ」

「私が……私が知るわけが……」

市之丞は激しく動揺して、佐平太から目を逸《そ》らした。

そして、縋るように頼母を見た。

「父上……！」

頼母は市之丞を見据えて言った。

「市之丞、何があったのか、すべてを、正直に話しなさい」

「父上……！」

「お前は武士なのだ。武士として、真実を明らかにする責務が、お前にはあるのだ」

市之丞は弱々しく目を泳がせた。

「私は……あの時……」

市之丞は訥々《とつとつ》と昨夜の出来事を話しはじめた。

酒に酔った市之丞は町娘を無理矢理稲荷杜へ連れ込んだ。

「そんなことは止めた方が」

同年代の大番衆堀卓馬が声をかけるが、

「いいからお前はそこで誰も来ないように見張ってろ」

市之丞は草むらに町娘を押し倒した。

「やめて！　やめてください！」

「黙れ！　おとなしくしろ！」

市之丞は抵抗する町娘の口を手で塞ごうとするが、その手を噛まれて逆上し、黙らせようと相手の首元を絞め上げた。

町娘がぐったりと動かなくなった。

「どうした？　おい、どうしたんだ？」

市之丞は愕然《がくぜん》と息を呑んだ。

見張りをしていた堀が来て、町娘の息がないのを確かめて、

「何てことを！」

「どうしよう……どうしよう……！」

「とにかく、渡辺さんに知らせて、相談に乗って貰おう」

堀は町娘の死体を引きずって祠《ほこら》の陰へ隠し、

「市之丞様もここに隠れていてください。いいですね」

堀が渡辺を連れて戻ってくるまで、市之丞は自分が殺してしまった町娘の死体の横で震えていた。

「解決法は、ひとつしかありませんね」

稲荷杜へ来た渡辺が市之丞に言った。

「あるのか、解決法が？」

「あります」

渡辺は言いざま抜き打ちで堀を斃した。

声を出す間もなく堀は絶命した。

市之丞は茫然と堀の死体を、そして、渡辺を見た。

「ごめん」

渡辺は市之丞の左腕にも大刀の切っ先を軽く走らせ、

「これで万事うまく片付くことに」

と、大刀を腰の鞘に納めた。

「ど、どういうことだ?」

市之丞は刀傷の痛みに顔を歪めながら、渡辺を見た。

「市之丞どのと堀は、若い娘に乱暴を働く不逞《ふてい》の輩を見て止めに入り、相手の逆襲に遭って、堀は命を落とし、市之丞どのは大怪我を負われた。町娘ばかりか大番衆が殺されたとなれば、町奉行所の管轄を離れ、我ら大番組の手で不逞の輩を成敗することが許されます」

「しかし、不逞の輩はどこにも」

「たまたま近くを通りかかった拙者が、逃げる男の顔を見たことにすれば、不逞の輩など簡単にでっち上げられます」

渡辺が薄ら笑いを浮かべていた。

「拙者はよかれと思ってやったのです。市之丞どのに、ひいては滝沢様によかれと思えばこそ、今度の筋書きを書いたのです」

「そのような気遣いは、百害あって一利なし。わしが感謝するとでも思ったのか」

「滝沢様に感謝されなくとも、市之丞どのには大きな貸しを作れます。滝沢様の先は見えています。早晩、市之丞どのが大番頭になられ、拙者はそれなりの扱いを受けることになります」

「そのようなこと、この滝沢頼母が許さん」

「今度のことが公になれば、滝沢様が大番頭の座を追われるのは必定《ひつじょう》。これから拙者のやることを、黙って見ている方が利巧というものでしょう」

渡辺は大刀を抜くと、猪之吉に近づきながら、

「まず、不逞の輩をこの手で成敗し」

佐平太が猪之吉を庇《かば》って立ち塞がった。

「邪魔立てする町方同心を、やむなく切り捨てた」

佐平太に大刀を振り下ろした。

だが、渡辺は苦悶の色で振り返った。

その背には、頼母の大刀が深々と突き刺さっていた。

「策を弄することは、もう必要ない」

身をよじりながら渡辺が斬りつけてきた。

頼母は大刀を抜くと同時に、切っ先を薙《な》ぎ上げた。

顔面を血に染めた渡辺の体がその場にどっと崩れ落ちた。

頼母は唖然としている水谷たち大番衆を見廻し、

「その方ら全員、何も知らずに巻き込まれただけだ。ただちに、この場から立ち去るのだ」

水谷たちは顔を見合わせ、頼母に一礼して中庭から去っていった。

市之丞の前に、頼母が立った。

「罪のない娘を手にかけたお前の所業は、武士として断じて許されぬ。わしの手で成敗してくれよう」

「殺す気はなかったんです。あの娘が騒ぎたてたからあんなことに。本当です、殺すつもりはなかったんです。許してください、父上、許してください」

市之丞は後退りながら哀願し、身を翻そうとした。

頼母の大刀が一閃した。

市之丞はぎくっと立ち竦んだ。

その頭の髷が斬り落とされていた。

「お前は、武士ではない。ただの愚か者だ。せめて、おのれが手にかけた娘の菩提を一生かけて弔いなさい。お前に残された道は、それしかないのだ」

ざんばら頭の市之丞は腑抜けたようにへなへなと膝をついた。

頼母は猪之吉の前へ行き、

「辛い思いをさせてしまった。この通りだ」

と、頭を下げ、佐平太に納戸の鍵を渡した。

「おぬしにも迷惑をかけた。おきみという娘を連れて、ここを引き上げてくれ」

「滝沢様」

「今夜はわしも疲れた。おぬしとは、改めて会いたい、ただの太公望としてな」

頼母は釣り場で見せた笑顔で佐平太を見て、静かに邸内に消えていった。

翌日、滝沢邸の仏間で白装束に身を包んで切腹して果てている頼母の遺体が家従によって発見された。

仏壇の前には、事件の経緯を記した評定所への書状が置かれており、そこにはすべての責任は大番頭である頼母にあると書き遺されていた。

六千石の大身旗本滝沢家は取り潰しになった。

佐平太は久しぶりで千太郎と昌平橋近くへ釣りに来ていた。

あの時、頼母は死ぬつもりなのだという気がしたのに、佐平太はなにもしなかった、いや、しなかったというより、出来なかったのだ。

長年浪人として生きていた佐平太には、立ち入ることの出来ない毅然としたものが頼母には漂っていた。あれは、武士として生きてきた誇りのようなものだったのかもしれない。

その誇りが音を立てて崩れ落ち、頼母は武士としての自分をみずからの手で見懲らしにしたに違いない。

佐平太は、今、そんな気がしていた。

「おじちゃん！　野蒜のおじちゃん！」

佐平太を呼ぶ千太郎の声がした。

見ると、大物がかかったらしく、千太郎が釣竿を手に右往左往しながら小さな体で悪戦苦闘していた。

佐平太は急いで駆けつけ、

「よおし、任せろ」

と、釣竿を取って、渾身の力で釣り上げた。

釣れたのは魚ではなく、水草の塊だった。

「なーんだ」

千太郎は落胆のため息をついた。

釣り糸から水草をはずす佐平太の脳裏に、一瞬、釣り糸を絡ませてしまった頼母との初めての出会いが甦り、そして消えた。

「どっちが大きいのを釣るか、勝負だ」

「うん、勝負」

初夏の神田川の川面には、佐平太の大きな浮きと千太郎の小さな浮きが、仲良く、並んで浮かんでいた。

切り取り線

一〇〇字書評

身代り

購買動機（新聞、雑誌名を記入するか、あるいは○をつけてください）	
□（　　　　　　　　　　　　）の広告を見て	
□（　　　　　　　　　　　　）の書評を見て	
□ 知人のすすめで	□ タイトルに惹かれて
□ カバーが良かったから	□ 内容が面白そうだから
□ 好きな作家だから	□ 好きな分野の本だから

・最近、最も感銘を受けた作品名をお書き下さい

・あなたのお好きな作家名をお書き下さい

・その他、ご要望がありましたらお書き下さい

住所	〒				
氏名		職業		年齢	
Eメール	※携帯には配信できません		新刊情報等のメール配信を 希望する・しない		

この本の感想を、編集部までお寄せいただけたらありがたく存じます。今後の企画の参考にさせていただきます。Eメールでも結構です。

いただいた「一〇〇字書評」は、新聞・雑誌等に紹介させていただくことがあります。その場合はお礼として特製図書カードを差し上げます。

前ページの原稿用紙に書評をお書きの上、切り取り、左記までお送り下さい。宛先の住所は不要です。

なお、ご記入いただいたお名前、ご住所等は、書評紹介の事前了解、謝礼のお届けのためだけに利用し、そのほかの目的のために利用することはありません。

〒一〇一－八七〇一
祥伝社文庫編集長　加藤　淳
電話　〇三（三二六五）二〇八〇
bunko@shodensha.co.jp

祥伝社ホームページの「ブックレビュー」からも、書き込めます。

http://www.shodensha.co.jp/bookreview/

上質のエンターテインメントを！　珠玉のエスプリを！

祥伝社文庫は創刊十五周年を迎える二〇〇〇年を機に、ここに新たな宣言をいたします。いつの世にも変わらない価値観、つまり「豊かな心」「深い知恵」「大きな楽しみ」に満ちた作品を厳選し、次代を拓く書下ろし作品を大胆に起用し、読者の皆様の心に響く文庫を目指します。どうぞご意見、ご希望を編集部までお寄せくださるよう、お願いいたします。

二〇〇〇年一月一日　祥伝社文庫編集部

祥伝社文庫

身《み》代《がわ》り　見《み》懲《こ》らし同心《どうしん》事《じ》件帖《けんちょう》

平成二十二年九月五日　初版第一刷発行

著者　逆井《さかさい》辰一郎《しんいちろう》

発行者　竹内和芳

発行所　祥伝社

東京都千代田区神田神保町三－六－五

九段尚学ビル　〒一〇一－八七〇一

電話　〇三（三二六五）二〇八一（販売部）

電話　〇三（三二六五）二〇八〇（編集部）

電話　〇三（三二六五）三六二二（業務部）

http://www.shodensha.co.jp/

印刷所　堀内印刷

製本所　ナショナル製本

カバーフォーマットデザイン　中原達治

造本には十分注意しておりますが、万一、落丁、乱丁などの不良品がありましたら、「業務部」あてにお送り下さい。送料小社負担にてお取り替えいたします。

　ISBN978-4-396-33612-7 C0193

祥伝社文庫・黄金文庫　今月の新刊

西村京太郎　**夜行快速《ムーンライト》えちご殺人事件**
震災の傷跡残る北国の街に浮かび上がる構図とは？

折原　一　**黒い森**
表からも裏からも読める本！恐怖の稀作、ついに文庫化。

石持浅海　**Rのつく月には気をつけよう**
今夜も、酒と肴と恋の話を…。傑作グルメ・ミステリー！

仙川　環　**ししゃも**
さびれた町の救世主は何と!? 意表を衝く失踪ミステリー。

桜井亜美　**ムラサキ・ミント**
二人の世界を開く「Ｅｓｃ」とは？　彷徨する少女の姿を描く。

中田永一　**百瀬、こっちを向いて。**
恋愛の持つ切なさすべてが込められた、瑞々しい作品集。

渡辺裕之　**万死の追跡**　傭兵代理店
自分たちの「正義」に従い、傭兵チームが密林を駆ける！

藍川京 他　**秘本　黒の章**
ようこそ、快楽の泉へ！新しい世界へご招待――。

長谷川卓　**犬目**　高積見廻り同心御用控
伝説の殺し人〝犬目〟とは？滝村与兵衛の勘が冴える！

逆井《さかさい》辰一郎　**身代り**　見懲らし同心事件帖
結ばれぬ宿世の二人か…。許されぬ男女のため奔走す。

荒井弥栄　ビジネスで信頼される　**ファーストクラスの英会話**
あなたの英語、ネイティブに笑われていませんか？

石井裕之　**ダメな自分を救う本**　人生を劇的に変えるアファメーション・テクニック
10万人の悩みを救ったベストセラーが文庫に！

齋藤　孝　**齋藤孝のざっくり！日本史**　「すごいよ！ポイント」で本当の面白さが見えてくる
歴史の「流れ」がわかる！人に話して聞かせたくなる！